新装版

退職勧告

江波戸哲夫

祥伝社文庫

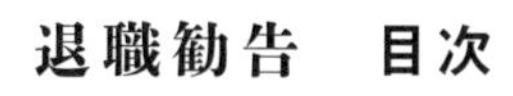
退職勧告　目次

写真 Shutterstock.com

人生の歯車　7
退職勧告　49
ゲームオーバー　89
私、売れますか　131
エリート失格　173
横領やむなし　217
妻のカラオケ　259

人生の歯車

1

三十代もなかばを過ぎた頃から、武村喜一(たけむらきいち)は自分は頭が悪いのではないかと思うようになった。

会社の会議などで誰かの発言に、皆は頷(うなず)いたり笑ったりしているのに、自分には話の脈絡が分からないことが起こるようになったのだ。話を理解しようと焦(あせ)ると、頭は油切れの歯車のようにいっそう回転しなくなり、武村は自分一人が迷路にでも取り残された不安感に苛(さいな)まれた。

それ以前には自分の頭の回転に人並みの自負心を持っていた。

だから営業部の若い奴がワープロだパソコンだと、武村の苦手なＯＡ機器をすいこなしていても、

（こいつら、ろくに商売もできないのに、オモチャみたいな機械には強いんだな）

と、余裕を持って見ていることができたし、家のことで妻の玲子(れいこ)との言い争いに負けたって、

（会社勤めの経験のない女は、屁理屈みたいなことしか言わないんだから）

と、自分のほうから玲子に勝ちを譲ってやったつもりになれた。

そうした自負心が崩れ始めたきっかけは何だったろうか？　武村には二つばかり思い当たるできごとがある。

小学校六年になったばかりの洋介に、名門といわれる私立学校を受けさせると玲子が言い出したとき、武村は反対だった。

「何も義務教育のときから、たかが二流メーカーの息子を、金のかかる私立なんかに行かせる必要はないだろう」

と言ったのだが、いつの間にか玲子に言いくるめられ、武村も協力しないわけにはいかなくなっていた。

ある夜、受験勉強で憑物のついたような顔をしていた洋介が、居間でテレビを見ていた武村に算数の問題を解いてくれと持ってきた。目指す中学の入試問題だった。気軽に引き受けたがそれから三十分、冷や汗の出る思いで問題と取り組み、結局できなかった。途中から洋介の方が気を遣い、「もういいよ」と言ったが、武村は引っ込みがつかなくなっていた。

「父さんがこんなのやったのはもう大昔のことだからな。後で解いておくよ」

と自分の部屋に持ち込み、本腰を入れて取り組んだのだが、さっきと同じ誤りを繰り返

すばかりだった。お茶を持った玲子が部屋に来て、武村の後ろから問題を眺めていたかと思うと、

「こうじゃない」

と、さらさらと解答を用紙の上に書き込んだ。その数字は武村が何度も解答欄で確かめてある正解だった。武村は頰が強張るような気がした。自分は、大したことはない学校だが大学の経済学部を出ており、玲子は短大で保母になる勉強しかしていないのだ。

営業会議のときは、それよりもっとみじめだった。課長が新製品の値引きのシステムについて説明したのだが、よく飲み込めなかった武村は質問をした。課長はまた説明をしてくれたが、武村はそれでも不確かな部分を復唱して確認した。それが違っていたのだ。

「そうじゃないってば。どうして分からないんだ」

課長は呆れたような口調で言い、他のメンバーも薄笑いを浮かべて武村を見た。

その頃から武村は急に自信がなくなり、何事にも引っ込み思案になった。上司に怒られるのは仕方ないにしろ、後輩にまで馬鹿なところは見せられないと思うと、人と話すときつい身構えるようになった。

洋介は玲子の希望した私立学校に合格した。そこは中学高校と六年間の一貫教育となっており、その間、大学受験に向けて、正月休みも無駄にしないような激しい受験勉強をす

るのだ。

中学二年までは洋介もいいところに位置していた。それがいつの頃からか、トップグループから脱落してしまった。最初そのことを知ったとき、武村は少し落胆したが、一方でほっとする気分も味わった。早いうちに自分の掛け値のない姿に出会っていたほうがいい。

大学は玲子の最初の希望よりランクを下げたのに一度失敗し、いまは浪人の身である。玲子はそれでも洋介のぎりぎり手の届きそうな見ばのいい大学を受けさせようと、せっせと尻を叩(たた)いている。

この間に武村は、年齢は三十八歳から四十三歳になり、肩書も主任から課長へとなった。課長といっても部下がいるわけではなく、課付き課長という資格で、同期入社の石黒(いしぐろ)の下につくことになった。

石黒も最初は武村に遠慮していたが、しだいにたんなる部下と見るようになり、時どき過剰に上役風を吹かせた。武村のほうは最初からそういう力関係で異存はなかった。油切れの頭なのに大きな責任を持たされたら疲れるばかりだと思った。

玲子はそんな武村の立場に気づいていない。課長と名がつけばみな同じだと思っているのだ。課長の辞令が出た翌日、赤飯を炊(た)いてお祝いの真似(まね)事をしてくれた。世間といえば自分が勤めていた保育園と、小学校長までいった父親の話しか知らないのだから、玲子にそんなことが分かるはずがない。そのほうが武村には気楽だった。

家のほうはそうやってやり過ごすことができたが、会社にはバブルが弾けて以来、気楽では済まない事態が起きていた。

売上げの不振のために経営陣が人員削減を打ち出したのだ。最初は希望退職を募るという触れ込みだったのに、応じる人数が少なかったので、指名解雇に近い肩叩きが行なわれるようになった。

武村も一度部長に酒を誘われ、関連会社への出向を打診されたが、必死になってそれを断わった。武村と似た立場にある中高年がみな同じような目にあった。

武村は少しでも会社での自分の立場を強くしようと仕事に力を注いだが、なかなかいい結果は出なかった。つい先日もまた石黒に怒られてしまった。

取り引き先からキャンセルが出て、武村はその対応策を石黒に相談した。そこはかつて石黒が担当していたのを、最近武村に移管したばかりだった。

「課長、例の木村商会ですが、突然キャンセルが入ってきまして……どういうことなのかさっぱり分からないのですが」

「あそこんちは親子で張り合ってんだよ。だから社長サイドから受けた注文は気をつけないと会長のほうからキャンセルが出るし、その逆のこともある。大口のやつは両方にネゴしておいたほうがいいんだ」

ああ、そうなのかと腑に落ちた。そんな気配を感じたこともあったが、その先を突き詰めて考えることをしなかった。どうしてそうしなかったのだろうと、軽い自己嫌悪を覚えた。

「武さんが取った注文は会長のほう？　社長のほう？」

「さあ？」

「企画から出たもんなら社長で、資材から出たなら会長よ。なんだか頼りないな」

石黒の口調が段々きつくなる。

「すみません。それなら会長のほうです」

「どうしたらいいと思いますか？」

急に切り口上でそう聞かれ、武村は口ごもった。質問の意味がよく分からず、ぽかんとしてしまった。

「社長は会長に勝手に注文を出されて怒っているんでしょう。だからキャンセルしてきた。……どうしたらいい？」

「社長の了解もとりつけるってことですか」

武村は不安げに言った。

「そうよ、そうしてちょうだいな」

そう言われても、どうしたらいいのか分からない。しかし石黒は机の上の書類に視線を落とし、自分の仕事を始めてしまった。仕方なく、武村も自分の机に戻って椅子に座った。社長の了解をとりつければいいということは分かる。しかし一度企画からキャンセルが出てきているものを、ひっくり返すことができるだろうか。

　武村は腕組みをして考え始めた。考えているつもりでも、何の知恵も湧かず、すぐに頭が空っぽになるような気がする。

　おい、武さん。

　二度か三度呼ばれて気がついた。石黒が自分のデスクの前に立っている。

「ちょっと時間くれないか」

　そう言って石黒はフロアの入口の脇にある会議室に向かった。武村も慌ててその後に従った。ドアを開けると石黒はすでに大きなテーブルの真ん中に座り、にこにこと笑っていた。さっきまで渋い顔をして怒っていた石黒が、掌を返したように笑っているのは危険信号だと思った。

「武さん、おれたち、今年も厄年だよな。年には勝てない、この頃くたびれてかなわないよ」

　わざとらしい口調だった。

「そうですね」

「一度ゆっくり、休みたいよ」

「………」

「例の件だけど、先方には強い希望があるらしいぜ」

「先方？」

「東都電業よ」

部長に肩叩きされたとき出た名前だ。

「それは部長にもはっきり申し上げましたが」

「申し上げたって、あれは君のほうから断われるような話じゃないんだ。会社の人事方針なんだから」

部長はそうは言っていなかった。いつの間にそんなことになってしまったのだろう。また頭の油切れを意識した。

「君のかかっている仕事が一段落したらあっちへ行ってもらいたいんだ。ぼくは早く一段落させるよう部長から命を受けているんだ」

「部長はそうはおっしゃってなかったですが」

「部長は君の自主性を重んじてくれているわけだよ。君のほうでその親心を酌まなきゃ」

石黒は武村にすり寄るような口調で言った。

2

憂鬱(ゆううつ)な気分を抱えて家に帰ったが、家にも難問が待ちかまえていた。

武村は帰宅するとすぐにダイニングルームの向こう側の六畳に行き、スーツを普段着に着替える。ここが居間兼夫婦の部屋ということになっている。玄関の隣りにある四畳半の部屋が、かつては夫婦の寝室だったが、六年前、洋介が中学生になったとき、その部屋を洋介に譲った。

ダイニングルームのテーブルの上には、すでに夕食の皿が並んでいる。若い頃は自宅で夕食をとることは少なかったが、この頃はほとんど家でとる。洋介は早くに夕食を済ませ、玲子は八時くらいまでは武村を待っている。そして晩酌のビールを最初の一杯だけ玲子もつきあう。

「ねえ、あなた」とその一杯を飲んでから玲子が切り出した。「この頃、洋介がちっとも勉強しないんだけど、あなたのほうからびしっと言ってくれない」

「だって、君がいつも言ってるんだろう。ぼくまで言ってはあいつの逃げ場がなくなるじゃないか」

「だって、あの子、一浪中なのよ。逃げ場なんて言ってる場合じゃないでしょう」

「びしっと言われたくらいで勉強するなら、とっくにやっているさ」

なんだか洋介をかばいたい気分になっている。

「このままじゃ××大には受からないわ」

「仕方ないじゃないか。それがあいつの実力なら」

「あなた、何でもそう。いつも仕方ないしか言わないんだから」

「いつもそうか」

武村はむっとして言った。

「そうよ、いつもそう。そんな仕方ないばかりじゃ、何にもできないわ」

「君みたいに無理をするほうがよくないとおれは思うね。現に洋介だって」

とまで言いかけて、武村は次の言葉を飲み込んだ。洋介が部屋から出てきたのだ。

もう武村より頭一つ身長が高くなった大きな図体。髪の毛が一つまみ寝起きのように逆立っている。洋介は二人の脇を通り抜け、キッチンに入った。すぐに冷蔵庫を開ける音がして、ジュースだか牛乳だかをカップに注ぐ音、ごくごくとそれを飲む音が聞こえた。それからまた二人の前を通り自分の部屋に戻っていこうとした。

「ねえ、洋介。いまもお父さんと話していたんだけれど、お前、この頃ちょっと怠けすぎていない？」

洋介は頰を膨らませただけで何も言わない。

「この間だって勉強しに図書館へ行くって。後からお母さんも行ってみたけど、お前、どこにもいなかったじゃない。夜やるからって昼寝しても夜も寝ているし」

「…………」

「そんなことじゃ××大に受からないわよ。二浪はさせませんからね」

「いいよ、そしたら働くから」

投げやりな口調だった。

「大学も行かないで働くって、どうするの」

玲子の声が尖った。

「マクドナルドでも何でもいいさ」

「馬鹿ね、時給六百円や七百円で暮らせると思っているの。ああいうのは親がかりの学生アルバイトだからできるのよ」

「まあ、いいから」と武村は玲子を止めた。

「とにかく一生懸命やれよ。結果がどうなっても一生懸命やらずにうまくいかなかったら後悔するぞ」

洋介が小さく頷いたように武村には見えた。

洋介が自分の部屋に戻ってから玲子が言った。

「あんな調子だからやっぱり家のほうをなんとかしたいのよ」

一月くらい前から玲子は、十年来住んでいるこの賃貸マンションを出て、もう一部屋ある分譲マンションを買おうと言い出している。四畳半を洋介に譲ったが、玲子の洋服ダンスは未だにその部屋に置いてあり、落ち着いて勉強ができる環境じゃないと洋介が言っているという。それにいつまでも自分のものにならない家に家賃を払うのは馬鹿ばかしいとつけ加えた。

「ぼくはこれ以上家計がきつくなるのはなあ」

「だからあたしも働きに出るって言ってるじゃない。ローンが家賃よりふえる分はそれですっかりまかなえるのよ」

「だけど」

「いま毎月の家賃が十二万円でしょう。かりに3DKのマンションに入れば、毎月の返済が二十万円ってとこね。だからあたしが働くとおつりがくるのよ」

そう説明されても賛成する気にならない。玲子の理屈はそのとおりだが、なんだか窮屈になるという予感が消えないのだ。

「いいでしょう」

玲子は武村が反論しないのを賛成と思ったのか、ダメ押しをした。

「待ってくれよ。頭金だって容易じゃないだろうし」

「千五百万くらいは何とかなるのよ、実家でも応援してくれるって言ってるし、少しは蓄えもあるもん」

「実家って、お母さんに悪いじゃないか」

「いいのよ、どうせ、いつかはあたし達と一緒に住むようになるんだから」

独り暮らしをしている義母と同居するという話も、いつの間にか既定の路線となってしまった。武村のほうに面倒を見なくてはいけない親がいないのだから、それはそれでいいのだが、玲子から相談を受けた覚えは一度もないのに、もう他の選択はないようになってしまった。


翌朝の通勤途上で、なんだか窮屈になりそうな予感の原因に思い当たった。

玲子に働かれることが嫌なのだ。いまでさえ家のことはほとんど玲子が好きなようにしている。その上、収入があるようになれば、玲子の発言力はもっと強くなる。家計が詰まるより、そっちのほうがずっと窮屈な気がする。

もっと早く思いついてもよさそうなものを、十時間も遅れてようやく頭が回転したのか。

（ああ、この油切れめ）

武村はときどき自分の回転の遅い頭をそう言って罵る。

武村は、オフィスですれ違う人には上司部下を問わず「おはようございます」と挨拶する。あまり若い奴にそう言うと、向こうが恐縮することもあるが、相手によって「おはよう」と「おはようございます」を使い分けるのが面倒だからそうしているのだ。石黒がごく自然に、自分より力のない相手には「おはよう」と言い、力のある相手には「おはようございます」と言っているのを見るとちょっと脅威を感ずる。

「武さん」

昼前、石黒に呼ばれた。デスクから顔を上げると、受話器を肩と耳の間に挟んだ石黒がこちらを見ている。武村は書きかけの見積書をそのままにして、石黒のデスクまで行った。

「東京スーパーのショウケースはいつ納められるんだ」

「ちょっと待ってください」

武村は自分の席に戻り、バインダーにファイルしてある書類をめくり始めた。

「なんだよ、そのくらい覚えてないのか」

石黒は通話口を掌で塞ぎ、大きな声で言った。

「いえ、一応確かめようと……」

ようやく注文書が見つかった。

「ああ、×月×日ですが」

「それは最初のやつだろう。電話で変更が入っていたじゃないか」

武村は青ざめた。たしかに東京スーパーから変更の連絡を受けていた。それを注文書に書き込んだつもりでいたが、うっかりしていたのだ。

「馬鹿野郎」

ちょっと確認しますので、と電話を切った石黒が思いきり怒鳴った。それで頭の中が真っ白になった。オフィス中の目が自分に集まるような気がした。

「どうするんだ」

まだ頭がよく働かない。頭の歯車のどこかにトリモチでも粘りついているようだ。

「どうするんだ」

「とにかく東京スーパーさんに行ってきます」

「行って、何て言うの？」

「納期を遅らせてくれないものかと」

「いまの電話は、納期は間違いないでしょうねという確認だよ。それなのに、遅らせてほしいなんて言えると思ってるの」

「しかし」

武村が言いかけたとき、石黒は急に表情を緩(ゆる)めて言った。

「よおし、それならこの件は全部武さんに任せるから見事解決してよ。どういう結論になっても丸く収まればそれでいいから」

武村にはその言葉にかぶさって「収まらないときはただじゃ済まないからな」という石黒の内心の声が聞こえた。

武村はすぐに会社を飛び出した。先に電話で先方の意向を打診すべきかもしれないと思ったが、電話でうまく話す自信がなかった。それにみっともないやり取りを石黒や若い奴らに聞かせたくない。

駅に向かう途中で不安が募ってきた。たしかに石黒の言うとおり納期を遅らせてくれるとは思えなかった。そんなことを申し入れたら資材部の花井(はない)がけんもほろろに怒るだろう。頭の中が不安でいっぱいになり、頭の歯車を全面的にストップさせた。

駅前に小さな児童公園があった。いつも前を通っているのに、その存在を意識したことはなかった。しかしその時、武村の足は駅のほうへ向かうのではなく、公園の入口を通り抜けていた。

ブランコの傍(かたわ)らのベンチに腰を下ろした。もう一つのベンチには枯木のように瘦(や)せた老人が座っていた。それ以外に真昼の公園には誰もいない。

(どうしたらいいだろう)

武村は自分のサラリーマン生活最大のピンチに追い込まれたと思った。会社はこのミスをいい材料として、出向を受けるようもっと激しく迫ってくるだろう。東京スーパーをしくじれば、それに抵抗する足場がなくなってしまう。どうしたらいいのか、知恵が湧いてこない。頭の歯車にトリモチが粘りついているようなあの感覚がまた生じてきた。

　奇妙な声が聞こえると思ったら、隣りの老人が歌っているのに気づいた。武村は老人のほうをさりげなくうかがった。もう八十歳くらいだろうか。濁った目玉はまるで鳥のモノのように見え、何の感情も伝えてこなかった。目玉の向こうで爺さんの頭の歯車はちゃんと動いているのだろうか。

「ああーっ」

　体中の不快感を一気に吐き出すような声を上げ、武村はベンチから立ち上がった。

　駅舎に上がる階段下の電話コーナーから、東京スーパーに電話をかけることにした。とにかく接触しなくては何も始まらない。花井につながったとき、少し息が荒くなっていた。

「例のショウケースですが、誠に申し訳ないんですが、ちょっと事故が発生しまして、納期を三日ほど遅らせてくれませんか」

「何を言っているんですか。逆に早めてもらいたいくらいですよ」

「とにかくこれからご説明に伺いますので、よろしくお願いします」

「来てもらってもダメなものはダメですよ」

　武村は駅前からタクシーを拾うことにした。電車で行っても所要時間は変わらないが、タクシーに乗れば焦る気持ちを少しは抑えられそうな気がした。

花井は固い表情で武村を迎えた。武村は額が膝に付くほど頭を下げた。

「なんでそういうことになったんですか？」

そう問いただされ、仕方なく正直に答えた。

「呆れたな」

「申し訳ありません」

「しかし、八王子店の新装開店を遅らせるわけにはいきませんからね」

結局、納期を二日だけ遅らせてもいいということになった。来週の月曜日に納入すれば開店に間に合う。しかしそのためには工場の作業を二日早めなくてはならない。

武村はまたタクシーを使って会社に帰った。

「課長、あの件ですが」

花井との了解を説明しようとしたが石黒は、

「途中に何が起きたかはおれに報告しなくても、最終の結果報告だけでいいよ」

と席を立ってどこかに行ってしまった。仕方なく武村は一人で本社に隣接する工場に向かった。頭の中がかっかとしており、いつもの弱気はどこかに吹き飛んでいた。

工場と営業はいつも反発しあっている。お客の我儘を営業が代弁し、工場に無理をさせることが多いからだ。それでも力のある営業マンはうまく工場を使っていたが、武村はそれが苦手だった。

工場の入口脇の事務所のドアを開けると、中にいた人たちがじろっと武村を見た。

「工場長」

声が少し裏返った。

「例の東京スーパーのショウケースですが、納期を二日早めたいんですが、なんとかならないでしょうか」

「そんなことできんよ」

工場長はぶっきらぼうに言った。

「どうしても来週の月曜日までに、先方に納めなきゃならないんです」

「そんなこと聞いていないよ」

「私がミスをしまして、納期が狂ってしまったのです」

「あんたのミスなのに、なんだって工場が尻拭(ふ)かなきゃならないんだよ」

「お願いです」

武村はふいに事務所の床に跪(ひざまず)いた。

「そんなことされたってできないものはできない。月曜日までじゃ、金土と二日しかないじゃないか」

「日曜日も出てもらえばもう一日ふえます」

「日曜日なんかに誰が出るもんか。そんなこと言ったらおれが恨まれちまう」

「工員さんは私のほうでお願いしますから」

「あんたが頼んだって、言うこと聞いてくれないよ」

「やらせてみてください」

「かってにやりな。おれは邪魔はしないよ」

武村は恐るおそる工場の中に入っていった。

半年前から工場のほうも人員削減をしているから、工員の数はめっきり少なくなっている。ずらっと並んだ機械が油光りし、圧倒的な迫力を放っていた。機械の陰にいた男がじろっとこちらを見た。顔見知りの職長だ。

「佐久間さん、ちょっとお願いがあるんですが」

佐久間は無言で先を促した。

「いまショウケースをやっているでしょう。あれの仕上がりを早めてもらいたいんです」

まだ黙っている。

「来週の月曜日までに先方に納入したいんです。つまり遅くともその日の午前中にはやって欲しいんだ」

「無理だね」

「無理は分かっていますが、誰か日曜出勤してくれる人はいませんか」

口の先に薄笑いを浮かべて佐久間は機械に戻ろうとした。

「特別手当を出しますよ」

「そんな景気のいいこと会社は認めないだろう」

「ぼくのほうで出させてもらう。日当二万円でやってくれる人いないかな」

「武村さんの懐痛めるようなこと、できないだろう」

「だって、ぼくが」

「そうはいきませんよ」

3

その晩いつもより遅く、武村は神経をすっかりすり減らして家に帰った。とうとう日曜日の作業員は確保できなかった。明日、もう一度佐久間とかけあってみるつもりだったが、徒労感が先に立つ。

服を着替えに奥の部屋に行くと、玲子がついてきて珍しくハンガーを渡してくれた。

「あなた、あの子が変なの。困っちゃった」

玲子は溜息をつくように言ったが、武村にはそれに答える気力が残っていなかった。

「勉強、全然しなくなっちゃってね。あたしの言うことなんか少しも聞こうとしないで、開き直っているみたい」

ダイニングルームのテーブルの上にいつものようにビールとグラスが置いてあった。この時間になると、もう武村の分しか用意されていない。武村は手酌でグラスに注ぎ一口飲んでから、ふーっと息を吐いた。胃の壁からアルコールが体の中に滲み込んでいくのが分かる。疲労を抑え込んでいた緊張が解け、脱力感が体中に拡がる。

玲子が皿に載った大きなアジの開きを運んできた。脂の乗ったアジは武村の好物だ。それをテーブルに置きながら、玲子が不満そうに言った。

「あなたからも言ってって、言ってるのに、ちっとも協力的じゃないんだから」

「…………」

「いいわよね、あなたはそうやって洋介のことはあたしに任せていればいいんだから」

アジの身をむしるのに一生懸命なふりをして、武村は玲子の話を聞き流している。

「あなた、心配じゃないの。あの子がつまらないことで依怙地になって、一生後悔することになったら」

「いまから、一生なんて、分からないだろう」

ようやく言葉を口にした。

「それはそうよ、だけど、そうなる可能性は高いんだし、せっかくの自分の能力を発揮しなかったら勿体ないじゃない。あの子だっていまは嫌がっていても、絶対に自分のためになるのよ」

（せっかくの自分の能力か）

と武村は白けた気分になった。

（お前は今日おれが会社でどんなことをしてきたか知るまい。おれが必死でやっていたことの、どこに自分の能力の発揮があるのか、お前に教えてもらいたいよ）

しかしそんなことを口にはしない。

「ねえ、一度あなたから言い聞かせてよ。あの子、この頃あたしの言うこと全然聞かなくなっちゃって、あなたの言うことは聞くのよ」

武村はまた黙り込んだ。今日は工場で長いこと徒労に終わった説得をしてきた。相手が息子であっても、説得なんてもう沢山だ。

武村がビールを終えると、すぐに温めたご飯と味噌汁が出てきた。玲子は亭主をやりこめるだけではなく、妻としての役割もきちっと果たそうとする。

「ねえ、頼みますよ」

玲子が口調を変えてまた言った。やると言わなければいつまでも言い続けていそうだ。

「分かったよ」

食事を終えてから、武村は四畳半のドアをノックして開けた。

絨緞の上に敷いた座布団に寝そべっていた洋介が慌てて立ち上がった。洋介の体の陰から分厚い漫画がはみ出していた。なんだかむかっとした。こいつがしゃきっとしないから、疲労困憊のおれが小言を言わされる破目になる。

「お前、漫画、読んでいたのか」

「………」

素早く机の前に座った洋介は、こちらに背中を向けていた。

「そんなことしている場合かよ」

洋介の大きな背中は武村の小言を拒絶している。

「何のために浪人しているんだ?」

「………」

「大学、行きたいんだろう」

行かなくてもいいよ。

押し殺した低い声で言った。

武村はまずい話し方をした、と思った。洋介にそう開き直られたときこっちに、(それなら大学なんか行かずに高卒で働け)と言う覚悟がないから、次の手が打てないことになる。そういう方向に向かわないように、話を進めなくてはならないのだ。

「そんなこと言うなよ。大学へ行くってのは、お前が望んだことじゃないか」

この春、受験がうまくいかなかったとき、親子三人でちょっとした家族会議を行ない、その場で洋介がそう口にしたのだ。

「お前も窮屈だろうけど、あと九カ月の辛抱だ。そうしたらいくらでも遊べるだろう」

言いながら親の台詞じゃないなと思った。まったく子供の教育に悪いことしか言えやしない。

「お母さんがうるさく言うのは、お前のことを心配しているからなんだよ」

洋介の背中は相変わらず武村を拒絶している。

「お前だって、いま頑張らないと後悔するぞ」

言いながら武村は頭蓋骨を貫いて鋭いものが突き刺さったような頭痛を感じた。昼間のストレスがまだ残っているのに、十九歳の息子に下らない説教をしているのだ。

「おい、聞いているのか」

武村の声が険しくなった。

聞いてるよ。

「なんか、言いたいことがあるか」

何もないよ、勉強するよ。

その時、廊下に足音がした。玲子も話に加わるのかと、武村はうんざりした。また話がこじれてしまう。

「あなたお電話です」

うむ、と武村は訝った。ベルの音は聞こえなかった。

「会社の佐久間さんとおっしゃっていましたが」

武村は電話のあるダイニングルームに急いだ。

「はい、武村です」

「ああ、夜分すみませんね」昼間よりずっと柔らかい声をしている。

「今度の日曜出勤だけど、特別手当をあんたが出すってのは本当か」

そのつもりですと言おうとして、武村は思い止まった。佐久間の口調にそうじゃないことを期待しているニュアンスがある。

「いや、なんとか会社に出させようと思ってますが」

「そうだろうね。あんたが自腹切るってのは筋が通らないもんな」

「しかし私のミスには違いないんです」

「それとこれとは別問題だからね」

「ええ、まあ」

「金土日と三日やれば、何とかなると思うんだがね。いまこっちもわりと手隙だから」

「そうですか、そりゃあ、ありがたい。助かりますよ。やっぱり佐久間さんだ」

武村は芝居げたっぷりに喜んだ。

「それでさ、稼ぎたがっている奴を二、三人と、おれも出てやろうかと」

「佐久間さんが出てくれるとありがたいな」

「日曜日はあんたも来るんだろう」

「ええ」

「それじゃその日のうちに、車に積み込めるところまでやっちまおう」

電話を切ってから、武村は思わず「やっほー」と甲高い声で叫んだ。

「どうしたの」

玲子が驚いた顔で言った。武村がそんなオーバーな感情表現をすることは滅多にない。

「いいことがあってな。やあ、助かった」

武村はテーブルの前に座り込んで言った。

「それはよかったわね」

と玲子は言ったが、それ以上詳しく聞こうとしない。それが物足りなくもありがたくもある。

「それで、洋介のほうは済んだの？」

「言うだけは言ったよ。あとはあいつ自身の問題だ。おれが強引に勉強させることまではできないだろう」

「そうだけど、なんだか頼りないわね。あなたっていつもそう。すぐにどこかで曖昧になっちゃうんだもの」

という言葉を胸の奥で噛みしめたとき、ふっと閃くものがあって、武村は立ち上がった。洋介の部屋はまだドアが開いていた。洋介は机の前に座っている。机の上に参考書らしきものが拡げてあったが、勉強していたかどうかまでは分からない。

「洋介、ちょっといいか」

もういいよ、勉強するよ。

洋介はちらっと首半分だけ振り向いてそう言った。

「そのことじゃないんだ」

武村は部屋の真中にあった座布団の上に座った。

「いまの電話な、お父さんの会社の人からだったんだ」

洋介は、うむと口の中で小さく呟き不思議そうな顔で武村を見た。

「お父さん、今日、会社でとても困っていたんだ」

それから武村は、ゆっくりと話し始めた。

東京スーパーの注文の納期の変更をきちんと記録していなかったこと、納期を遅らせてくれるように東京スーパーに交渉したが、二日しか延びなかったこと、工場のスタッフに日曜出勤を頼んだがそれに応じてもらえなかったこと、いまの電話でそれが可能になったこと。

行きつ戻りつ、途中で頭の歯車がキーキーときしむような気がしたが最後までしゃべり切った。なぜそのことを洋介に話すつもりになったのか、自分でもよく分からない。しかしそのことを話せば、「よく勉強しろ」なんて言うより洋介を奮い起たせることになるだろうと思ったのだ。

「そういうことだ。まったく我ながら間抜けで嫌になっちまう」

ははははっと豪快に笑うつもりが、自嘲の情けない笑いになった。

4

金曜日から佐久間はショウケースを製作するための工場の態勢を作ってくれた。思ったより作業は順調に進み、金曜日一日だけで予定の半分はできてしまった。土曜日に残りの半分をこなし、日曜日に二人も出れば十分間に合うと武村はすっかり安心した。

夕方、武村は石黒に呼ばれた。石黒は得意げな笑みを浮かべて、

「東京スーパーはどうなってる」

と聞いた。

「ええ、なんとか間に合いそうです」

「本当か」と石黒は露骨に顔を曇らせた。

「ええ、日曜日にも出てくれることになりましたから」

それが失言だったと気がついたのは、翌日の土曜日の夕方だった。佐久間が「ちょっとちょっと」と、工場を覗きに来た武村の肩を叩いて事務所につれ込んだ。

「困ったことになったよ」

「何ですか？」

「若いもんが明日出られなくなってしまった」

「どうしてですか」

「営業課長の休日出勤願いが出ていないから、組合員を使っては困るって、総務のほうから言われたんだ」

たしかにそんな労働協約があることは知っている。しかしそれが発動されたことはほとんどない。誰でも実際に作業が必要なら休日に出勤して、事後承諾を受けているのだ。

武村は慌てて石黒のところに行った。

「課長、明日、工場の人たちに出てもらう件ですが、認めてくださいよ」

「なんで？」

「だって納期を守るためには、どうしてもやってもらわなきゃならないんです」

「馬鹿言わないでください。君のミスのために会社が余分なお金を出すなんてことはできっこないでしょう」

「私のミスには違いありませんが、東京スーパーをしくじれば会社が損失を」

「それはそのとおりです。しかし、君は間もなく東都電業に出向する身なのだから、会社としてはそこまではことを荒立てないつもりだろう」

武村には石黒の理屈が分からなかった。自分の理解力のせいだろうかと思った。

「私を追い出したいから、工場に日曜出勤させないのですか」

「いいや、君のミスをそんな形ではカバーできないということです」

この理屈も分からなかった。理屈の筋道は分からなくても、石黒の考えていることはよく分かった。怒りが体の奥から溢れてくるのを感じた。それを抑えてもう一度言った。

「だけどあれを期日どおりに納品しないと、ウチが困りますよ」

「君が困るのだろう」

「石黒」

思わずそう呼んでしまった。同僚だった頃、武村は彼を呼びつけにし、石黒のほうが武村君と丁寧な呼び方をしていた。

石黒は怪訝（けげん）な表情で武村を見返した。言っちゃいけない、言っちゃいけないと自分をたしなめるものがあったが、武村は溢れる思いを抑え切れなかった。

「誰に言われたか知らないが、あんた首切り役人をやるつもりか」

石黒は目を見開いた。

「君、何を言ってるんだ」

「恥ずかしくないのか」

「会社には会社の筋ってものがあるんですよ。君はそれがちっとも分かっていない」

「分かってる、わかってる、わかってる。あんたの考えていることはよく分かってる」

呆気に取られている石黒をそのままに、武村はもう一度佐久間のところに行った。

「佐久間さん、明日、あなただけでも出てくれませんか」

「だって、会社は休日出勤願いを認めてくれないんだろう」

「私を追い出したがっているんです」

佐久間は目を逸らした。佐久間も工場の人員削減の片棒を担いできたことを武村も知っていた。

「しかしそんなことを取り引きに使っている場合じゃないでしょう。ちゃんと納品しなければ、予定どおりに新装開店できなくなってしまう」

「しかし」

佐久間は口ごもった。

「頼みますよ」

「会社がダメと言ってるとな」

「後はちょいちょいと組み立てて、塗装するだけじゃないですか」

佐久間は椅子の上で腕組みをし、まったく武村のほうを向かなくなった。こいつも石黒と同じ穴のムジナなんだ、と武村は佐久間の脂汚れの滲み込んだ首筋を見た。

沈黙が流れたが佐久間は腕組みを解かない。灰皿に置いたタバコがすっかり短くなり、火が消えている。

「残りは月曜日の午前中にやるしかないな」

「それで大丈夫ですか」

「先方に何時までに届けることになっているんだい？」

「夕方五時までという約束ですが」

佐久間は消えているタバコに手を伸ばした。武村は自分のタバコを佐久間に渡し、百円ライターで火を点けた。

「東京スーパーのどこへ持っていくの？」

「八王子です」

「こっちを三時には出たいな。……塗装はできるが、それまでに乾くかどうかだ」

昼までに塗装が仕上がったとしても、武村の素人考えでも三時までには乾かない。それに塗装も昼までには終わるまい。

思い悩んだ末に武村は部長の部屋に行った。退社するつもりだったのだろう。ちょうど部屋から出てくるところだった。

「ちょっと、ご相談があるのですが」

部長はもう一度部屋に戻った。手短に事情を話し、

「日曜日の出勤命令を出してくれませんか」

と頼んだ。

「それはいいんだがね。君のほうでもこっちの希望を聞いてくれなくては」

「部長、私がそれに応じなかったら、東京スーパーの開店をご破算にするつもりですか」

「君はぼくを脅かすつもりか」

武村の頭の中が混乱してきた。これは自分が部長を脅していることになるのだろうか。

5

月曜日。武村は七時に工場に到着した。

五時半に起きて出勤の準備をしたが、驚いたことがある。その時間に洋介が勉強していたのだ。部屋から洩(も)れる明かりに気づき細めにドアを開けると、洋介が机に向かっていた。

「どうした?」

「おれ、勉強、朝型にしたんだ。そのほうが能率が上がるからね。父さんこそ早すぎない」

「早出して、この間の仕事を片付けるんだ」

「あの、東京スーパーのショウケース？」

「ああ」

それだけ言葉を交わして家を出た。

（あいつ、東京スーパーのことを覚えてやがった）

工場に着くと佐久間がすでに事務所に詰めていた。

「おはようっす」

「元気いいじゃない」

「佐久間さんがこんなに早く来てくれるなんて感激ですよ」

「得意先、困らせちゃいけないからな」

「工場長のほうは大丈夫ですか」

「得意先あっての会社なんだから」

佐久間は二人の部下を使って組み付けを急ぎ、昼飯もそこそこに塗装にかかった。

塗装が完了したのは午後一時半だった。

それから乾燥にかかった。大型扇風機のような乾燥機を使うのだが、第二工場から強力なやつを取り寄せてあり、二台でせっせと風を吹き付けた。

「間に合いますか」

「二台使ったことないから断言できないけど、後一時間半じゃ、まあ無理としたものだがね」

二時すぎに、佐久間は小指の先でそっと塗装面を触ってから厳かに言った。

「ダメだね、これじゃ、三時までにはとうてい乾かねえや」

佐久間は暗い顔をして黙り込んだ。さっきから武村の頭にある考えが浮かんでいた。それを提案してみようと思った。

「五時までなら、どうですか、乾きますか」

「それじゃ、先方に着くのが七時になっちまう」

「車に乗せて、乾かしながら、運んだらどうでしょう」

「車の上には乾燥機の電源がないだろう」

口調に無茶言うなよという響きがあった。

「天然の乾燥機、使うんですよ」

「……………？」

「風に当てながら運ぶんです」

佐久間は一瞬顔をしかめ、自分の頭の中を覗くような目をした。それから、

「いいかもしんないな。それに生乾きだって運ばなきゃ、しょうがないもんな。あんた、頭いいや」

「とんでもない」

意外な言葉に武村は失笑した。

（おれが、頭、いいって？）

それからすぐにショウケースを四トントラックの荷台に積んだ。


「いい風だな」

びゅんびゅん走る四トントラックの荷台に座り込んだ佐久間が言った。

「ちょっと強すぎるくらいですよ」

武村は首をすくめるようにして言った。

「だからいい風なんじゃないか。これなら後二時間もあればばっちり乾いちまう」

6

その日、武村が家に着いたのは夜中の一時だった。仕事がすっかり終わってから佐久間に一杯飲ませたのだ。玄関には何の明かりも見えなかった。武村はポケットから自分のカギを取り出し、玄関を開けようとした。

その時、中で明かりがついた。

「お帰りなさい」

玲子だった。

「なんだ、起きていたのか」

奥の部屋に行き、敷いてあった布団の上に武村は倒れるように座り込んだ。

「うまく、いったの」

玲子が柔らかな声を出した。

「何のことだ」

「東京スーパーのことよ」

玲子には話していないから、洋介から聞いたのだろう。

「ああ」

「なんで、あたしには言ってくれないの」

玲子は武村のスーツの上着に手をかけながら言った。

「だって、会社のことだ」

「洋介には、話したんじゃない」

なんだ、こいつ、息子に焼もちでも焼いているのか、と武村は変な気がした。

「話せば、あいつが勉強やる気になるような気がしてね」

「効果、あったみたいよ。あの子、勉強してるもの」

ふうん、と言って武村は立ち上がり、自分のスーツを脱ぎ始めた。

「あたしにも話してくれたっていいじゃない」

ちょっとすねた口調だった。

分かったよ、と言いながら、今度話すとしたら出向のことだろう、せがんでまで聞きたい話じゃなかろうにと、武村は胸の奥がちょっと痛むのを感じた。

退職勧告

1

その部屋に近づくにつれ、大下光彦（おおしたみつひこ）の心の中に不安感が少しずつ嵩（かさ）をましていった。

その部屋でこれから「日本管理職組合」の定期交流集会が開かれるはずなのに、どう見てもその加入者にふさわしくない人たちが、会場となった中央会館の中にも外にもうろうろしているのだ。おまけに入口の脇にはテレビカメラを担（かつ）いだ若者の姿も見える。

（マスコミの奴らだ）

大下はちっと舌打ちをした。

去年の暮に結成されたときから「日本管理職組合」が、マスコミの脚光を浴びているのは知っていた。大下もそのおかげでその存在を知ることができたのだ。しかし迷い迷った末、ようやく思い切ってここまで来る気になったのに、こんなにマスコミ関係者がいてはプライバシーが保てない。プライバシーが保てなければ、いま大下が陥（おちい）っている苦境から、ますます出られなくなってしまうかもしれない。

カメラを肩に担いだ若者の前を通り抜けて、会場となった部屋に入ったとき、なんだか胸を締め付けられるような気がした。

小学校の教室ほどの広さの部屋に四、五十人の人がいたが、彼らの何人かがさりげなく視線を向けてきた。大下は思わず顔をそむけた。ひょっとしたら会社の密命を受けたスパイが混じっているかもしれない、という妄想が頭に浮かんだ。そんな妄想を起こさせるほど、会社は周到に大下に罠を仕掛けてきた。

最初は営業一課と二課の合併だった。

バブルが弾けて以降の経営不振を乗り切るため、会社は全社的な臨戦体制を組もうと、大規模な組織改革を行なったが、営業課の統合もその一環だった。

一課の課長だった柳田が営業部長となり、二課長だった大下はその下の部次長となった。大下のほうは途中入社で柳田より後輩だったし、大下自身も課長から部次長へ昇格したのだから、この組織改革には文句はなかった。

しかしその時から大下の仕事がなくなった。営業の案件は何でもかんでもが大下を素通りして決まった。かつて大下の部下だった奴らはみんな柳田の指示を仰ぐようになり、柳田は大下には何の指示も出さなかった。つまり大下はマスコミがよくいう「社内失業者」となった。

初めの頃は柳田が自分を敬遠しているせいかもしれないと大下は思った。大下と柳田では、商売のやり方も部下の使い方も違っていた。柳田は義理人情を重んじるタイプで、仕事がなくてもいつまでもオフィスにいるのが好きだった。大下は自分のやるべきことが終われば、部下よりも先に会社を後にした。

柳田の口癖は、「知恵のない者は汗を流せ、知恵もなく汗も流さない者は会社を去れ」だった。その趣旨には大下もそれほど異論はなかったが、そんなことを部下の前で公言できるほど、面の皮は厚くなかった。

そんな柳田に時どき皮肉をいうことがあったから、柳田が自分を嫌うのは当然だと思っていた。しかし仕事がないのは辛い。そこでもう十五年前に大下を三矢不動産にひっぱってくれた常務の藤岡にいった。

「常務、どうも柳田部長は私のことを使いにくいらしくて遠慮されているようですので、遠慮なく仕事をさせて欲しいのですが」

するとと藤岡は意外なことをいった。

「まあね、いまはこんな御時勢だから、君もゆっくりしていてくれよ」

「こんなときゆっくりしていられるほど、私は器が大きくないもんですから」

「つまり転職したいということか」

そう聞き返されて大下は驚いた。

「それなら何も私に遠慮しなくてもいいよ。君の人生だからな」

その翌日から、柳田の大下への無視はもっと露骨になった。

大下は前方の黒板に「日本管理職組合　定期交流集会」と大書された部屋の最後尾の席に座った。そこなら、他人からあまり見られることはないだろうと思った。

大下はさりげなく出席者を観察した。ほとんどがスーツ姿だったが、マスコミ関係者と「日本管理職組合」参加者の違いは一目で分かった。マスコミの奴らのスーツからは暮らしのくすみが漂ってこない。いつも偉そうに他人を観察し評論してばかりで、自分が観察される側に回ったことのない気楽さと虚ろな雰囲気とを併せもっていた。

やがて開会が宣せられ、がっちりした体格と四角い顔と柔和な表情をもった男がしゃべり始めた。出席者を見回す仕種には、穏やかな自信が漂っている。

「皆さん、本日はご苦労さまです。私は日本管理職組合の事務局長の安達ともうします。この組合が結成されてまだわずかな月日しか経っていませんが、この間、沢山の参加者が結集してくれ、マスコミなどからも多大の注目を集めまして、活動の成果もそこにお配りした報告書のとおり大いに上がっております」

事務局長のいった資料を大下も先ほどからくり返し見ていた。そこには「日本管理職組合」で取り組んだ沢山のケースの進展状況が紹介されている。ほとんどのケースで解雇撤回や退職金の倍増などの目覚ましい成果が上がっている。

（おれの場合もこんなにうまくいくだろうか？）

会社は最初、仕事を与えないままに放っておけば、大下のような自負心の強い男は自分から飛び出すと思ったのだろう。

こんな仕打ちをされるまでは、大下も自分が自負心の強い男だと考えていたが、そうではなかったようだ。

もう少し世の中の風向きがよければ、飛び出していたかもしれない。しかし毎朝、新聞を開けば、どこかで人員整理をしたニュースが載っている時代に、自分の不動産営業の腕がかんたんに売れるとは思わなかった。

もう少し若ければ飛び出していたろう。十五年前、藤岡にスカウトされたときの大下は恐いもの知らずだった。上役だろうが客だろうが、気に入らなければ喧嘩をして飛び出す元気があった。しかし当時は三十三歳、いまは四十八歳になっている。

もう少し肩に背負った荷物が小さければ、飛び出していたかもしれない。しかしまだ十九歳の息子と十六歳の娘がいて、教育費の負担は増える一方だ。女房の早苗も勤めているが、彼女が稼ぐのは家計費の四分の一でしかない。

会社から干されて以来、いつもそんな計算をしている自分に気がつき、「おれも臆病になってしまったな」と大下は情けなかった。

会社は、仕事を干しても尻を捲って飛び出していかない大下に次の手を打った。

関西支店への転勤を命じてきたのだ。

大下は即座にそれを断わった。女房は西新宿(にししんじゅく)に勤めているし、息子も娘も川口(かわぐち)のマンションから通いやすい学校へ行っている。関西支店へ行けば、大下は単身赴任をせざるを得ない。これが本当に自分の腕を必要とした転勤ならば受けただろう。しかし自分に嫌がらせをするための転勤命令なのだ。素直に聞く必要なんかさらさらない。

そしたら会社はとんでもないやり方に出てきた。突然、解雇通知を送りつけてきたのだ。

「社内失業者」となってから、大下は仕事のないオフィスでの時間の過ごし方を少しずつ開発していたが、それでも夕方になるとがっくり疲れた。

午前中はもっぱら新聞と不動産関連の雑誌を読み、午後は勝手に電話営業をした。そして夕方五時半、正規の退社時間に必ずオフィスを後にした。時どき事務の女の子と一緒に玄関を出ることになったが、彼女らも大下と接触を持つことを敬遠した。会社の中枢から吹いてくる風に影響されているのだろう。大下は子供たちのいじめとやらもこんなものかと思った。

大下が家族で一番早く帰宅することもあった。その日もそうだった。大下はいつものようにマンションの玄関の脇にある集合郵便受けに立ち寄った。

そこにその郵便が入っていた。宛名は大下光彦、差出人は三矢不動産取締役総務部長、水田昭夫となっていた。それを見ただけで得体の知れない不安感に襲われた。その場で封筒を開けると、あっさりした文面の会社の便箋が出てきた。

――時下益々御清栄のこととお慶び申し上げます。さて今般、諸般の事情により来月末日をもって、貴殿と当社との雇用関係を打ち切りますので、よろしくご配慮下さるよう御連絡申し上げます。

大下光彦殿

（これは解雇通知だ）

信じられなかった。解雇が一片の手紙でできるものなのだろうか。

ふらふらと二階の自分の部屋まで歩いていった。そこで部屋の前に立っている妻の早苗に気がついた。

「どうしたの」ドアの鍵穴にカギを入れながら早苗がいった。「凄い顔しているわ」

大下は何もいわず、手に持っていた便箋を早苗の顔の前に突き出した。

「何なの、これ？」

早苗は玄関の中に入って明かりをつけ、便箋を開いて、立ったまま手紙を読んだ。

「どういうことなの？」

大下はこれまで会社で起きていたことを早苗には話していない。

「おれにも分からんよ」

怒ったような口調になった。

とにかく部屋に入った。廊下、ダイニングルーム、キッチンと早苗は闇に閉ざされていた部屋の明かりを次々とつけた。

「あなたを辞めさせるっての？」

早苗は恐るおそるいった。

ああ、といって、大下はダイニングルームの椅子に体を投げ出すように座った。

「どうしてなの」

大下は一月前から起きていたことを早苗にかいつまんで話した。

「ひどいわねえ」

早苗は悲鳴のような声を上げた。すっかり自分の味方になっているその口調は、大下の心を少し和ませた。しかしショックは体の芯を直撃して、まだ体中を揺さぶっている。

すぐに康彦と薫が帰ってきて、食事になった。大下も早苗もその場では、手紙について何もいわなかったが、薫は二人の様子がいつもと違うのに気がついた。

「お母さん、どうしたの？」

「なにが？」

「だって二人とも怒っているみたい」

「そんなことないって。ねえ、お父さん」

「ああ」

大下はぶっきらぼうに答えた。子供にまで事情を話す気にはならなかった。

やがて食事が終わり二人は自分の部屋に消えた。３ＤＫのマンションに、二人とも自分の部屋が与えられている。

早苗がお茶を淹れながらいった。

「あなた、管理職組合って聞いたことある？」

「……………？」

聞いたことがあるような、ないような。

「うちの八王子の支所長が加入したっていうので、一時会社は大騒ぎになったのよ」

「………………」

「あたしも、事情はよく知らないけれど、支所長が強引に辞めさせられそうになったらしいの。そしたら支所長がその組合に入って、会社に団交を申し込んできたのよ。新聞記者やテレビのカメラまで来ちゃって、もう会社は大騒ぎ」

大下は話に引き付けられていた。そんなニュースをテレビか週刊誌で見た記憶がある。

「それで、団交はどうなったの？」

「それがね、会社がびびっちゃって団交はなしになったの」

「団交を拒否したのか」

「そうじゃなくて、支所長の解雇を撤回したのよ」

「ふうーん」

相槌（あいづち）を打ちながら、大下の顔は思わず綻（ほころ）んだ。なんだかその支所長が自分の分身のような気がした。

それがほぼ一月前のことであった。

「それでは、組合員の皆さんにこれまでの経過と現状を報告していただきたいと思います。ああ、テレビや写真が困る人はそういって下さいね」

安達がにこにこしながらいった。彼はしゃべるときだけではなく、黙って座っているときもいつも笑みを浮かべている。

もう五十歳すぎに見える大柄な男が立ち上がり、嬉（うれ）しそうに一同を見回してから話し始めた。

「先日二度目の団交をやりまして、おかげさまで会社は解雇を撤回しました。私はこの組合を全国的に拡大したいと思っています。及ばずながらその一助になれたらと思って参加しています」

それだけいって座りかけたが、「ああ、そうだ」ともう一度立ち上がった。

「私は顔写真、大丈夫ですから。こないだテレビに出てからもうすっかり有名人になって、何があっても天下ご免ですよ」

　一同がどっと笑った。

　それを皮切りに十数人の参加メンバーが、決意に満ちた報告をした。会社との交渉の成り行きは悲喜交々だったが、皆、一様に明るかった。大下は不思議な気がした。

　閉会が宣言されるとマスコミ関係者は慌ただしく室内を歩き回り、参加者や幹部らを取り囲むようにして取材の申し入れをした。

　大下はそんな奴らに関わりたくないと思いながら、まだ会場を去りかねていた。幾つものうまくいった体験談を聞いたのに、加入申し込みをしようかどうかまだ迷っていた。加入して団交を申し入れれば、会社との関係はもっと悪くなる。そんなことに自分は耐えられるだろうか。

　ラフな格好をした若い男が、大下を見て軽く頭を下げた。大下も思わずそれに応じて頭を下げた。「あっまずい」と思う間もなく、男は大下の隣りに来て話しかけた。

「すみません。中央テレビのディレクターの寺島と申しますが、ちょっとお話を聞かせていただきたいのですが」

「困りますよ」

　席から立ち上がりながらいった。

「決してご迷惑をかけないようにしますので……」

「いや困ります」

その時、声がかかった。

「寺島さん、ご本人が断わったら潔く諦めて下さいね」

事務局長の安達だった。寺島は苦笑いをして大下から離れた。それをきっかけに大下は安達のところにいった。

「すみません、ちょっとご相談したいのですが」

「迷っているんですか」

先回りしてそういわれた。

「まあ、皆さん最初はそうなんですよ。組合なんか十年以上も前に卒業した人ばかりだから」

興味深そうな顔で二人を見ているマスコミ関係者を見ながら大下は、

「場所を変えてお会いできませんか」

といった。

「今夜はこれからみんなで懇親会をやりますからあなたもいかがですか」

「ちょっと今日は予定がありますので」

大下はとっさにそういった。こんなにすぐに「日本管理職組合」に参加する心の準備はしていなかった。

「そうですか、それなら、さっき配った資料に出ている事務局に大抵は詰めていますから、いつでもどうぞ」

2

「日本管理職組合」の交流集会に出た翌日も、朝起きてすぐから憂鬱(ゆううつ)な気分に取り憑(つ)かれていた。最近毎朝こうである。

三日前、会社が解雇期限としていた日に、自分の机はどこかに片付けられてしまっていたので、大下は会議室に陣取っていた。そこに座っているとしばしば総務部長の水田がやってきて、

「大下さん、そこにいられると困るんですよ」と慇懃(いんぎん)無礼にいった。「もう大下さんはうちの社員ではないのですから」

「何をいっているんですか、私は営業部次長ですよ」

といい返した。

「雇用契約が終了したという通知がいっているでしょう」

「あんな一方的なものに効力があると思っているんですか」

「会社の人事に従わない人を雇っておくわけにいかないじゃないですか」

しばらくの押し問答の末、水田は一旦は引き上げる。一日数回大下に嫌味をいうことが水田のノルマになっているようだ。

その日も朝一番に水田がやってきた。

「大下さん、ずいぶん粘り強い人ですね。いつまでも会社に縋りついていて恥ずかしくないのですか」

「あなたのほうこそこんなひどいことをして恥ずかしくないのか」

「いつまでも強がりをいっていなさい。そのうち居たたまれなくなりますから」

その時、腹立ち紛れに思わずいってしまった。

「居たたまれなくなるのはそっちのほうでしょう。私は管理職組合に入っているんですよ」

その時の水田の顔は見物だった。大下をいびろうと半ばまで開けた口が、そのまま言葉を失い半開きとなった。視線は行き場を失い宙に躍った。それから気を取りなおして恐る恐るいった。

「あの日本管理職組合……?」

「ええ、近々会社に団交を申し入れるから、そのつもりでいて下さい」

「まさか」

「まさかじゃないです。テレビも新聞も大挙して取材に来るから覚悟していて下さい」

不意に身をひるがえし水田は部屋を出ていった。その反応に大下のほうも驚いた。

十分後、水田に先導され藤岡が来た。

「おい、大下君、なんか馬鹿なことをいって、総務部長を脅かしたそうだな」

大下が転勤命令を拒否して会社に居座るようになって以来、藤岡は大下に会うのを避けていた。

「別に脅かしているわけじゃないですよ」

「そのナントカ組合ってのは何だ？」

「藤岡さんだって知っているでしょう。マスコミで派手に紹介しているじゃないですか」

「本当に、加入したのか」

「ええ、自分のことは自分で守らなくてはならないと思ったもんですから」

「そこまでおれを困らせたいのか」

「何をいっているのですか。粗大ゴミのように私を放りだそうとしたのはあなたじゃないですか」

「だって君、転勤命令に逆らえば……」

「それは逆ですよ。転勤命令に逆らったから放りだすのではなく、放りだしたくて無茶な転勤を命じたのでしょう」

いいながら大下は自分がすっかり落ち着いているのを自覚していた。

「わが社に泥を塗るのか。そんなことをしたら君、もうどこでも君を雇ってくれなくなるぞ」

「別によそに職場を探さなくても、ここにずっといるつもりですから」

「そうはいかないよ」

「まあ、それは団交でやりましょう」

昼休みになるのを待ちかねて、大下は「日本管理職組合」に電話をした。

事務局長の安達は昼飯を食べに出ていると女性の声が教えてくれた。

「昨日の交流集会に出ていた大下といいますが、戻ったらご連絡をいただけますか」

と会社の電話を教えた。

電話を切ってから心が高揚しているのを感じた。体がぽっぽと熱い。

昼休みが終わり会議室に戻ると間もなく、営業部の女の子が部屋に入ってきた。

「大下次長、お電話が入っています」

「どこから?」

大下はわざと聞いた。

「日本管理職組合といっていました」

と女の子は舌を嚙みそうな口調でいって、大下を上目遣いに見た。大下は会議室に置いてある電話に出た。

「ああ、事務局長」

大きな声でいったとき、女の子が部屋から出ていった。

「昨日ご相談したいと申し上げた大下です。早速に加入したいと思うのですが、どうしたらいいでしょう」

「昨日差し上げた入会申込書に記入して会費と共に届けてくれたら、それで手続きが完了します」

「それで早急に団交を会社に申し入れたいのですが」

「とりあえずここへ来て、もっと具体的なお話を聞かせて下さい」

3

駅からわずか五分のところに「日本管理職組合」の事務所はあった。マスコミの派手な扱いとは裏腹の小さな雑居ビルの五階である。

狭い階段を上がると、奥の部屋のドアに「日本管理職組合」と大きな文字が躍っていた。ドアを開けると中から愉快そうな話し声と、それに呼応する沢山の笑い声がもれてきたが、大下はもう人の目が気にならなかった。

入口脇の大机の周りに数人の人が座っていた。昨日交流集会で見かけたマスコミ関係者も混じっている。

「ああ、いらっしゃい」

彼らの笑いの真中にいた安達が大下に声をかけた。

安達は席を立ち、部屋の反対側の一角にある応接コーナーに移動した。

「さあ、どうぞ、お話を伺いましょう」

大勢の耳がある中でいきなり聞かれたが、ためらいはなかった。わずか一日で大下の中の何かが変わっている。

大下は自分が三矢不動産にスカウトされてから現在にいたるまでを順を追って話した。

長い時間がかかったが、その間、安達は巧(たく)みに相槌(あいづち)を打ち話を聞いていた。

「よくあるやつですよ」

話が終わると、安達は大きな声でいった。

「よくあるんですか」

大下の口調は不満そうになった。

「ええ、よくあります。特別だと思っていましたか」

「ええ、まあ」

「自分が特別じゃないのが、不満なんでしょう」

「…………」

「みんな自分は特別だと思いたいんです。自分は特別ひどい目にあっている。自分が会社にパージされるのは自分が特別に優れているからだ、とかね。そうじゃない、みんな、同じような立場で、同じようにひどい目にあっているんです。そう思わないと会社と闘えませんよ」

「………」

「それが労働組合ですよ」

前の会社にいるとき労働組合に入っていた。しかし熱心な組合員ではなかった。あんなことをやる奴は特殊だと思っていた。自分は休暇なんて沢山は欲しくなかったし、賃上げは仕事の実力で勝ち取ってみせると思っていた。

「団交はなるべく早く申し込むようにしましょう。しかしご覧になって分かるように、いまは猛然と忙しくて、なかなか時間が作れない状態にあります」

「………」

「会社に対する要求書を自分で作ってみてくれますか。もちろん団交には我々も参加しますから」

そんなこと自分でできるだろうか、と不安になった。

家に帰ってから、早苗に今日あったことを話した。

「うちとは違うわね。敵は日本管理職組合の名前を持ち出しただけじゃびびらないんだ」

「だいぶ怖がっているみたいだったけど」

「それで、要求書なんかあなた作れるの？」

「やってみるさ。見本ももらってきたし」

大下は一週間前から、早苗とすっかり同志のような気がしていた。

食事を終えてから、ダイニングルームのテーブルの上でメモを作り始めた。

（おれは一体、会社に何を求めたいのか？）

元の立場に戻すこと。

（どんな立場か？）

営業部の次長で五人の部下のいる立場。

（そうなったら、元どおりの仕事ができ、元どおりの気分に戻れるか？）

自分の中に浮かんできた答えは「否」である。

大下は愕然とした。

4

その翌日、いつもの時間に出勤した大下は、いつものように会議室には行かず、営業部のフロアに行った。すでに出社していた柳田も、営業部員たちもぎょっとした顔で大下を見た。明らかに大下を恐れているのが分かった。大下が「日本管理職組合」に加入したことが、皆に知れ渡ったに違いない。

「柳田さん、私のデスクはどこにあるんでしょうか？」

大下は大きな声で聞いた。昨日までに比べて自分でも驚くほど強気になっている。柳田

は素知らぬ顔をしている。

「ねえ、柳田さん」大下は彼の傍らにまで行って聞いた。「私のデスクはどこですか」

「さあ」

柳田は当惑した表情になった。柳田が自分を恐れているのを見るのは、大下にとって小

気味よかった。

「さあって、あなたがどこかへ片付けるように命令したんでしょう」

「ぼくじゃないですよ」

「じゃあ、誰ですか」

「知りません」

柳田は大下の追及を避けるために机の上の受話器を手にした。大下は彼から離れ、

「三宅君」

とかつて営業二課で自分の部下だった男の名前を呼んだ。

「はい」と三宅は素直な返事をした。

「君か？　ぼくのデスクを片付けたのは？」

「とんでもありません」

「それじゃあ、悪いけど総務に行って聞いてきてくれないかな」

「総務が知っていますかね」

「馬鹿なことをいうな。誰も知らないうちにデスクがなくなったんなら、泥棒が入ったということじゃないか。それなら警察に届けなくてはいけない」

大下は三宅のデスクの電話に手を伸ばした。

「待ってくれよ」受話器を手に持ったまま、柳田が慌てていった。

「あの席が空いているから、今日のところはあそこを使ってくれませんか」

そこは主（あるじ）のいないデスクで、作業などをやるときに使っている。

「今日のところはってことは、明日はきちんとしてくれるってことですね」

「とにかくあそこを使って下さいな」

大下はそれ以上柳田を追及しないことにした。そんなに急に居丈高（いたけだか）になってもはしたないというものだ。それから柳田の指定したデスクに座った。久しぶりに人のざわめきのあるところに席を確保した。

さて、しかし、居心地はよくない。

他の者たちはそれぞれの仕事を始めたのに、大下には何の仕事もない。なまじ会議室で一週間ほど過ごしたせいか、以前と同じようにここで読書をする気にもならない。「日本管理職組合」の威力を頼りに「おれにも仕事をさせろ」と柳田にいったら、彼は何と答えるだろう。効き目があるかもしれないが、大下のほうにそんなことをいう気はなくなっていた。

しばらく所在なげに腕組みをしていたが、思いついて昨夜自宅で書いた「要求書」を机の上に取りだした。

そこに記された要求項目はわずかに二つ。

まず第一に、私の職場を転勤命令以前に戻すこと。

第二は、私に対する不当な人事異動措置に対し、会社が謝罪をすること。

さんざん考えたが、とうとう他に要求すべきことは思いつかなかった。我ながらささやかなものだと思う。今日の夕方、「日本管理職組合」の事務所に立ち寄り、何か足りないものはないか、安達にアドバイスを求めようと思っている。

昼前に藤岡が営業の部屋を覗きに来た。何かを探すふりをして部屋の中を歩きまわってから、誰とも話さず出ていった。三分といなかった。

その後、総務部長の水田も顔を出した。彼は、

「どうです、大下さん」

などと声をかけてきた。

「やっぱり不況のとき、頼りになるのは組合ですね」

と露骨にいったら、はっはっはと引きつった笑い声を上げた。

その一日は会議室で過ごす一日より長かった。


「どうですか」

要求書を手にしている安達に大下がいうと、

「これだけですか！」

安達はすっとんきょうな声を上げた。部屋に屯していたマスコミの人たちも、安達の後ろから覗いて中途半端な薄笑いを浮かべている。

「これだけって？」

「ささやか過ぎないですか」

「私もそう思ったんですが、他に思いつかないんですよ、それに……」

といって大下は口ごもった。

「それに、何ですか？」

「その二つも、私が本当に望んでいることなのか分からなくなりました」

「望んでいないんですか？」

「本当に私が望んでいることは、そっくり以前の状態に戻ることなんですが、もう何を要求したって元には戻らんですよ。覆水、盆に返らず、ですよ」

　大下は淡々とした口調でいった。

　これまでは藤岡とも柳田とも三宅とも、仕事を通じて心が通いあうときが何度もあったのだ。しかしこうなってしまっては、かりにこの要求書が効力を発揮して元どおりの立場に戻っても、もう彼らとは決してそんなときは持てないだろう。

「しかし要求しないわけにもいかないでしょうし」

　大下は独り言のようにいった。

「これから団交を申し入れるというのに、そんなに物分かりがよくなってどうするんですか」

　安達がいいかけると、

「いまのお話、面白いですね」と、後ろにいた男が口を挟んだ。一昨日中央テレビのディレクターと自己紹介した寺島だ。

「面白いって君ね、野次馬のようなことをいうなよ」

　安達がいったが、男は怯まなかった。

「いや失礼しました。何を要求したって元に戻らないというお話。ぼくはいままで考えてもみませんでしたが、本当にそうだろうなと思ったもんですから。会社が大下さんにしたことってのは、単に首切りとか労働条件を下げただけでなく、大下さんのこれまでの人生を台無しにしたんだ。……本当にひでえことをしたな」

部屋が一瞬静まりかえった。壁際でワープロのキーボードを叩(たた)いていた女性もその手を止め、後ろをふり返った。

「大下さん、そう悟りを開いたようなことをいいなさんな。元の職場に復帰すればまたちゃんとしますよ。社内に味方もいますし、仕事もちゃんとやれますって。覆水は盆に返らないかもしれないけど、また新しいものも生まれるんですから」

5

安達の日程が詰まっていたので、その三日後に会社に要求書を渡すことになった。

その日、昼過ぎに安達が三矢不動産を訪ねてきた。

「ああ、大下さん。立派な会社ですね」

営業のフロアに入ってきた安達は、大下を見かけるなり大声でいった。

「これは自社ビルですか」

「ええ」

「こんな立派な資産を持ちながら、何も社員をいびりださなくてもよさそうなものですがね」

安達は初めての会社を訪れ、そこに会社側の社員が大勢いるのに、少しも気圧（けお）されるところがなかった。

その時、柳田がそっと部屋を出て行くのに、大下は気がついた。きっと社長のところにご注進に行くのだろう。どうせお前が知らせなくても、すぐにこっちから訪ねて行くのに。予（あらかじ）めこの時間に行くと伝えてあるのだ。

二人で階段を昇り始めたら、上から降りてくる柳田と出会った。柳田は二人を見てうろたえ、もう一度上に昇りかけた。

「ああ、柳田さん。社長、いましたか」

「ああ、いえ、これから行くんですか」

「ええ、日本管理職組合の要求書を渡しますので」

気を変えたのか、柳田は二人とすれ違って下へ降りていく。

「彼、大下さんの上司でしょう？」

安達が聞いた。

「どうして分かったんですか」

「どこでもそうなんですよ。組合員の直接の上司が一番おどおどするんです」

そんなもんかと大下は、この数日の柳田のうろたえぶりを思い浮かべた。

社長室の前に立って二人は顔を見合わせた。それから大下がノックした。

藤岡の声だった。

大下がドアを開けると、正面の大きなデスクに社長の伊井原が座っていた。その両脇に藤岡と水田がいた。三人とも無理にゆとりを見せようとしながら、それがうまくいかず固い表情になっている。

「失礼します」

二人は社長に向かって頭を下げた。大下は生唾を飲みこんでからいった。

「こちらは日本管理職組合の事務局長、安達さんです。本日は会社に組合の要求書を提出するため同行してもらいました」

三人とも固い表情を崩さない。

「それでは要求書を読み上げます」

大下は手にしていた封筒の中から一枚の紙片を取り出した。

――三矢不動産株式会社代表取締役社長　伊井原××殿

下記の事項を要求いたします。

1、大下光彦を元の職場と肩書に戻すこと。

2、大下光彦に対する不当な人事異動措置に対し、会社が謝罪すること。

1994年×月×日

日本管理職組合委員長　××××

組合員　大下光彦
「以上です」

大下は要求書を封筒にしまい、封筒ごと伊井原に手渡した。伊井原はすぐに要求書を中からもう一度取り出し、眉間に皺(しわ)を寄せながら確認した。それから水田に手渡した。

「それで、いつ頃回答をいただけるでしょうか？」

安達が伊井原を見据えていった。

「それは」

虚を突かれて伊井原は言葉を失い、藤岡や総務部長とせわしなく視線を交わした。

「急な話だから」と藤岡が口を開いた。「ちょっと時間を下さいな」

「ちょっととといいますと」

安達が追及した。

「そうね、いつ回答するかということを明日までに答えましょう」

「日程だけなら、今日の夕方までであれば十分でしょう」

安達が愉快そうに頬を綻(ほころ)ばせていった。ゆとりの見せっこは、安達のほうがずっと勝(まさ)っている。

「分かった、そうしましょう」

藤岡の代わりに伊井原がいった。

「それじゃあ、よろしくお願いします」

大下がそういって彼らに背を向けようとしたとき、安達がいった。

「ずいぶんシンプルな要求書でしょう」

「…………」

「わずか二項目だ。もっと沢山並べるのが普通なんですよ。不当な仕打ちを受けた管理職には、それだけの権利があると私は思っています。しかし大下さんはこれだけでいいという。そこんところをよく考えていただきたいですな」

夕方、藤岡が営業のフロアに姿を現わし、大下のデスクの前に立った。

「回答のスケジュールが決まったんですか」

大下のほうから先に聞いた。

「大下君、今夜、予定はあるんですか」

「何ですか？」

「ちょっと付き合ってもらいたいと思ってね」

「寝技に出ようというわけですか」

「そんな小手先のことに騙（だま）されるような君じゃないだろう」

　藤岡は近くの小料理屋に小部屋を取っていた。部屋に入ると藤岡は大下を上座に座らせようとした。最初、大下は遠慮したが、そんな必要はないと思い直し床の間を背にして座った。

「豪勢ですな」

　すぐに酒が運ばれ、しゃぶしゃぶの野菜と肉が出てきた。野菜も肉もたっぷりあった。

　藤岡が大下の盃に酒を注いだ後、大下もちょっとためらったが、藤岡に酒を注いでやった。互いの盃を突き出し乾杯の真似事をしてから、藤岡がいった。

「変なことになってしまったな」

「そっちの責任ですよ」

「まさかこんな風に出てくるとは思っていなかった」

「一寸の虫にも五分の魂って言葉もあるでしょう」

　芝居がかった口調になった。

「仕方ないじゃないか、君が大阪に行ってくれないのだから」

「だってあれは通常の人事じゃないでしょう」

「そうじゃないさ。おれのほうでは君を最大限優遇するつもりだった」

「後からなら何とでもいえますからね」

　藤岡は大下の盃に酒を注ぎ足した。

「あの要求はたしかに君らしい質実剛健なものだ」

「………」

「しかし、人事をそんなに簡単にひっくり返すことはできないんだ」

「会社が無茶な話をもってくるから……」

「君の件は、最初からボタンのかけ違いがあったかもしれない。しかし社員からクレームが出てきたからって、一々人事をご破算にしていたら会社はやっていけない。分かるだろう、君だって」

「そんな一般論にしないで欲しいですな。私の事例だけを考えて、無茶か、そうじゃないのか、判断して下さい」

藤岡は手酌で酒を注いだ。

「どうだろう。退職金を特別割り増しにするから、これ以上、社内に波風立てずに退職してくれないだろうか」

大下も手酌をしようとしたが、藤岡が銚子を取って大下の盃に注いだ。

「波風立てたのは、そっちのほうじゃないですか」

「私はそうは思っていないが、かりにそうだとしても、その謝罪の意味もこめて本給の一年分を余計に出そう」

五百万円という数字がぽんと頭に浮かんだ。それに少し欠けるが、いまの会社としては奮発したことになるだろう。

　大下は桜色の肉を煮え立った湯の中に入れ、箸（はし）に挟んだままゆっくりと揺らしている。肉はたちまち色が変わって食べ頃になるが、大下は同じ動作をしつづけている。

「硬くなっちゃうぞ」

　藤岡にいわれて、大下は肉を引き上げた。味噌ダレにつけて口に放り込む。

「そんなに辞めさせたいんですか」

　肉を頬張ったまままいった。

「そうじゃないよ。いまいったでしょう。ボタンをかけ違ったんだ。でもいまとなっては」

「常務のメンツで辞めさせるんですか」

「そんなことないって。それがお互いの幸せだろう。……十五年前、ぼくの責任で君にはウチに来てもらった。今回またぼくの責任で身を引いてくれないか。どうせぼくだって、この会社ではあと一、二年の寿命だろう」

　大下の心に滲（し）みこんでくるような口調だった。親分肌の藤岡にはこういう芸当がある。これに動かされて三矢不動産に引き抜かれることになり、時には藤岡のために自分を捨てて働いたこともある。

「回答日は決めてくれたんですね」

藤岡の表情から笑みが消えた。

「全面対決するのか。人事権は会社にありというのはあらゆる判例が認めているんだ。会社には誰も君の味方はいない。辛い思いするよ」

「辛い思いするのはお互いっこでしょう。私には失うものはないんですから」

「こっちは社員に支持されているさ。だから組合は君のバックアップをしないじゃないか」

「さあ、どうですかね。まだ共闘を組んでいないから分かりませんよ、そんなこと。今日一緒に来た安達氏の話ですと、組合は結局バックアップしてくれるだろうということですが」

「分かった。回答は一週間後の今日出そう。今日と同じ時間でいい」

6

回答日まで大下はなるべく何も考えないようにして過ごした。

座っているところは営業部の喧噪（けんそう）の中だったが、心は周りから隔絶されたところにあった。部下たちが必死で電話に縋（すが）りつき、忙しそうに営業フロアを出入りしているのがいやでも目に入る。ついこの間まで自分も同じように働いていたのだ。それが遠い日のことのように思えた。

回答日。社屋の周囲に数人のマスコミ関係者が現われた。寺島のクルーだ。彼は回答を受け取る場面を撮らせてくれといってきたが、大下は断わった。

その代わりに安達が三矢不動産の中に入るところを写したいらしい。

安達は午後一番にオフィスにやってきた。相変わらずエネルギーに満ち溢れている。その姿を見て大下は（大したものだ）と思う。おれは自分一人のことでこんなに心をすり減らしているのに、安達はその数十倍の揉め事を抱えているのだ。

五分前に営業部の部屋から出て三階の応接室に向かった。

部屋に入ると藤岡と水田がソファから立ち上がった。

「社長はどうしましたか？」

と安達が聞くと藤岡が答えた。

「ちょっとよんどころない用事がありまして。でも回答がちゃんとあるから問題ないでしょう」

水田が一枚の用紙を大下に示した。それからそこに書かれた文字を読み上げた。

「日本管理職組合殿。×月×日付け要求書に対して以下のとおり回答します。要求第一項目については要求どおり、営業部次長職に復帰することとします。第二項目については要求どおり、謝罪するものとします。三矢不動産代表取締役社長伊井原××。……以上のとおりです」

読み終わり水田は上気した顔で大下を見た。大下は頭がぽかんと空っぽになった気がした。満額回答である。そこまでは期待していなかった。

「営業部次長職とはどういう機能を果たすのですか」

安達が聞いた。

「文字どおりです。営業部の中間管理職として働いてもらう」

それでいいんですか、と安達は大下に囁くようにいった。ええ、と大下は曖昧に頷いた。まだ頭も心も空白になったままだ。

「謝罪はどのようにしてくれるのですか」

「人事の最高責任者として私がお詫びします。この度は誠に遺憾でした」

そういって水田は機械的に大下のほうに頭を下げた。

「そんなの、謝ったうちに入らんでしょう」

安達がなじると、大下は小さな声で、いいですよといった。空白だった大下の心の中にある感情が少しずつ満ちてきている。

応接室を出ると「やりましたね」と安達が大下の手を握った。がっしりとした手だった。

「ありがとうございました」

会社の玄関で安達を見送ってから、大下は営業のフロアに向かった。そこについさっき回復した彼の居場所があるはずだった。

一歩一歩踏みしめるように階段を上がった。一段上がる度に心を満たす感情は濃くなってくる。

営業のフロアに入ると、そこにいた者たちが大下を見た。それは敵陣からの一斉射撃のように見え、大下は怯むものを感じた。

柳田の前に行き、

「おかげさまで交渉は満額回答でした。元の立場に戻りましたし、会社は謝ってくれました」

と頭を下げた。

「それはどうも」

柳田は目を逸らしながらいった。

その時、胸の中の思いが小さな爆発を起こした。それが言葉になった。

「でも、私、辞めますから」

柳田が怪訝な顔で大下をまともに見た。

「私、明日にでも会社に辞表を出します」

息が苦しくて声が途切れがちだった。

「だって、こんなことがあってからじゃ、お互いにうまく仕事していけないじゃないですか」

「本当ですか」

そう言い切ったとき、体に力が漲(みなぎ)ってくるのを感じた。

いまなら何でもやれそうな気がする。不況の中で新しい職場を見つけ、物件だってどんどん捌(さば)けそうだ。

「ご迷惑をかけました」

半信半疑の表情をしている柳田にいうと、柳田は「はっ」といって頭を下げた。

緊張していた営業フロアに、ちょっと柔らかな雰囲気が戻ってきた。

ゲームオーバー

天皇誕生日のその朝、夫の芳夫の部屋から、どどんと畳を踏み鳴らす音が、遠い雷鳴のように響いてきた。

ようやく起きたのかと、キッチンにいた北島和歌子は少し緊張して、夫に頼まれていたことで忘れているものはないか、頭の中ですばやく点検した。

ベランダの手摺りにこびり付いていた鳥の糞はきれいにしたし、お酒をこぼしたハーフコートはクリーニングに出し、代わりに厚地のオーバーコートを取ってきたし、仏壇の水はちゃんと取り替えてある。

ふっと昨日もらってきた長男、毅の通信簿のことが頭に浮かんで不安になった。

これまでと変わらない勉強をしていたはずなのに、中学一年から二年へ、二年になってからも一学期から二学期へと、毅はわずかだが成績を下げている。

その結果だけを見て、夫はぴしりと何か厳しい一言を言うにちがいない。昨日から毅はそのことを気にしていた。だらだら続く小言を言うわけではないが、きつい一言がいつも毅の胸に突き刺さるのだ。

「ああ、頭いてぇ」

姿を現わした芳夫は、ダイニングルームのテーブルの前に座りながら言った。顔が少しむくんでいる。

「すごい、酔っ払っていたもの。ご飯食べられる?」

「まず、水だ」

和歌子が渡した大きなコップ一杯の水を、芳夫は喉に音を鳴らして一気に飲み干した。それからテーブルの上に両肘をつき、両掌(てのひら)にあごを載(の)せて、ベランダのほうへ視線を向けている。何を見ているのだろう。

「鳥の糞はきれいになっているわよ」と言おうとして和歌子は口を閉じた。不機嫌な気分が夫の体から漂(ただよ)っている。下手(へた)に声などかけたら、やぶへびになりそうな気がした。

その時、奥の部屋から毅が出てきた。

手に通信簿を持ち、ひらひらさせている。どうせ「見せろ」と言われるのだから、嫌なことは早く済ましてしまいたいと、思ったのだろう。

「父さん、これ」

毅は芳夫の前に通信簿を投げるように置いた。その動作も和歌子をはらはらさせた。

「その態度はなんだ」と怒鳴(どな)りだしかねない。いつだったか、芳夫が帰宅したときに、ったことがある。

「お帰りなさい」と言わなかった毅は一喝され、それまで見ていたテレビを消されてしま

うむ？　と芳夫は視線をその紙片に向け、ゆっくりと手に取って拡げた。目付きがトロンとしている。よっぽどひどい二日酔いなのだと和歌子は思った。

毅は神妙な顔で芳夫の前に座り、ちらちらとその表情を窺っている。叱られるのを覚悟している顔だ。

「もう冬休みなのか」

芳夫はそう言って通信簿を毅に返した。

ああ、と毅は拍子抜けした声をだした。

「まったく楽ちんばかりしてやがる」

「へへっ」

毅は突然、笑顔になり、さっさと自分の部屋に引き上げていった。

意外な夫の態度だったが、そう言えばこの数日、いや半月ほど夫の態度が変だったと思い当たった。早くに出勤して遅く帰ることは相変わらずだが、なんだか影が薄かった。家族を辟易とさせるいつもの迫力がない。

「どうするの？　パンがいい、それともご飯にする」

芳夫はトロンとしたままの視線を和歌子に返した。

「いらんわ、もう少し寝る」

芳夫が寝室に姿を消してから、和歌子は毅の部屋に行った。ノックをして返事も聞かずにドアを開けた。

「つよし、やったね」

毅は母を見てにこりと笑った。ついこの間まで幼児の顔だったのが、急に少年ぽくなっている。

「ああ、ほっとしたよ」

「だからって、怠けるんじゃないのよ」

毅の机の上にはノートや鉛筆ではなく、漫画雑誌が載っている。

「お父さん、くたびれているのかな」

「二日酔いよ、まだ頭が働いてないんでしょう」そう言いながら、またこの半月ばかりの夫の異変を思い浮かべた。

「ゆみこは？」

「知らない、さっきどこかに出かけて行ったよ」

小学校六年の由美子の成績には、芳夫はあまりうるさいことを言わない。毅は私立に行かせたのに、由美子は来春公立中学に行く。

＊

芳夫と和歌子が結婚して十六年が経つ。

芳夫が××大学を卒業して大河電器に入社してきたとき、和歌子は大河電器の総務課にいた。高卒で入社して三年目だから芳夫より二歳年下だった。

大きな体をしていながら、いまの毅をちょっと大人びさせたくらいの童顔の芳夫を初めて見たとき、和歌子は好意を覚えた。

営業部に配属になった芳夫は時どき、総務課にやってきたが、いつまでも学生っぽい初心な雰囲気が抜けなかった。出金伝票の書き方もよく間違えたし、営業でもドジばかりしているという噂を耳にした。

それまで何人もの社内の男が、和歌子に接近してきた。もちろんデートくらいは、いやキスくらいはしたこともあるが、結婚までには至らなかった。男たちの、どこか油断のならない鋭さが怖かった。

しかし芳夫には、このままでビジネスマンがやっていけるのだろうかと思わせる頼りなさがあった。和歌子は、この人とならうまくやっていけそうだ、と思った。

仕事にかこつけ、和歌子のほうからそれとなく芳夫に近づく機会を作った。他の女子社員に皮肉を言われることもあったが、みんな同じことをやっているのだ。女子社員は夫を見つけに大河電器に入ってくる。

銀座でデートしたことがあった。ところが芳夫が案内した店は改装中。他の店に心当たりはなかったのだろう。芳夫はいつまでも歩いているばかりだった。仕方なく和歌子が、友人と行ったことのあるレストランに案内した。そのレストランで分厚いメニューが出てきたとき、芳夫は何を選んでいいか決めかねて耳を赤くしたが、和歌子は気がつかない振りをしていた。

結婚したのは芳夫が二十五歳、和歌子が二十三歳のときだった。和歌子はそのまま会社を辞めた。

二人とも和歌子が専業主婦になることを望んでいた。どうせ芳夫にはそんなに出世は期待できないと思ったが、和歌子はそれでよかった。和歌子の両親も、世間からはぱっとしない組み合わせに見えたろうが、仲のいい夫婦だった。そして女だけの二人きょうだいはのんびり育った。自分もそういう家庭を作りたかった。

芳夫はいったい何がきっかけで変わり始めたのだろう。

結婚した当初は八時には帰宅していたのが、いつの間にか九時になり、十時になった。

はじめは夕食を家で取らないときに、

「今日は食べてくるから」

という連絡が入ったが、その回数がふえ、やがて食事をしないのが当たり前になった。それにつれて童顔が引き締まっていった。

「もう少し家でご飯食べられないの」

と和歌子が不平を言ったことがある。

「一緒に飯を食わなきゃいけない相手が、切りがないほどいるんだよ」

と芳夫はすまなそうに答えた。

結婚してすぐに毅が生まれ、さらに二年後、由美子ができて、和歌子は子育てに関心を奪われていたから、芳夫のそんな変貌もそれほど気にならなかった。結婚する前は芳夫のおおらかさが好ましかったが、自分の夫となれば、少しはきりりと仕事をしてくれるのも悪くないと思った。

大学を出るとき、北島芳夫は出版社に入りたいと思っていた。

本を作りたかったというより、メーカーや商社なんかに入って、我武者羅(がむしゃら)に働くのが嫌だったのだ。得意先の接待とか、ライバルとの出世競争だとかは、思い浮かべるだけでうんざりした。その点、本を読むのは好きだったし、出版の仕事なら接待でも出世競争でも、それほど厳しくないだろうと思った。

しかし芳夫が目指した出版社は、大変な倍率で入ることができず、紆余曲折(うよきょくせつ)があって業界では二流どころの大河電器に入った。

ここでも企画だとか広報などを希望したが、最初から営業に行かされた。

ルートセールスといって、小売店が相手の商売だったから想像していたより楽だったが、電器屋の主人に少しでも多くの製品を取ってもらうため、相手の心を開かせる話術を駆使するのはとても苦手だった。

営業に出るときには、いつも手帳に書いてある世間話のネタを、小声でくり返した。まるで落語家の練習だった。

ノルマが果たせなかったある月末、夜遅くまでかかって何軒もの小売店を歩き回ったことがある。当てにしていた店からキャンセルが出たのだ。和歌子と結婚する三月（みつき）ほど前だった。

もうシャッターを閉めた大山（おおやま）電器の裏に回り、住まいのほうの勝手口の前をうろうろしていた。どこもいい返事をくれず四軒目の店だった。

「だあれ?」

聞き覚えのある奥さんの声がした。北島は耳がかっと熱くなった。

「あのお」

「ああ、北島君じゃないの。どうしたの」

「実は」

芳夫はその月のクーラーのノルマをまだ果たせていないことを話した。

「それは可哀想ね。でも、社長が出かけていて、わたしじゃわからないわ」

社長というのは彼女の亭主のことで、近くのカラオケスナックで飲んでいるという。芳夫は店の場所を教えてもらって訪ねていった。

ドアを開けると中から腹の底に響くような大きな音が溢れでてきた。大勢の客が、腰を低くして入ってきた芳夫を胡散臭そうに見た。

「ああ北島君」客の一人が声をかけてきた。

「どうしたの？　こんなところで」

大山電器の社長だった。芳夫は泣きつくように事情を説明した。

「うちじゃクーラーをもう十本は無理だよ。今年は冷夏だっていうし」

「社長になんとかしていただけないと、私はもう会社に戻れません」

「そう言われてもな」

「何本だったら、取ってくれますか」

「そうね、こんなところまでわざわざ来てくれたんだから、五本くらいはやってみるか」

「それじゃあ、あと五本の分は私が売りますから、十本取ってください」

芳夫は必死で言った。

「君が売る？　どうやって」

「私、通常の営業と別に、毎晩お宅のクーラーの販促に来ますから、それで必ず売りますから」

「そんなことできるのか」

「できなかったら、私が自分のボーナスで買い取ります。それでもうこんな仕事から足を洗います」

芳夫は本気だった。自分にはまったく向いていない、こんな営業なんか辞めて、公務員試験でも受けてみるつもりだった。

翌日、出勤した芳夫は、自分と同様にまだノルマを果たしていなかった仲間たちが、皆そのまま次の月に持ち越したのを知った。

冷夏だったはずのその夏は、一転してかなり暑くなり、大山電器のクーラーはさらに五本追加になった。大山社長はあの時の芳夫の態度がよほど印象的だったらしく、その後芳夫の顔を見る度にその話をした。そして何かのときには、芳夫の営業活動を応援してくれるようになった。

必死になると自分の思ってもみなかった交渉力が自分の中から湧いてきて、それが人を動かすことを芳夫が実感した最初の機会だった。

入社して間もなく、和歌子が自分に好意を持ち、しきりと近づいてくるのを芳夫は感じていた。

頬をつねりたい気分だった。学生時代にも女友達や恋人に近い存在が、いなくはなかった。しかし女のランクからいったら、和歌子のほうが彼女らより一段上だった。和歌子はスタイルもよくきれいで、しかもてきぱきと仕事をしていた。自分が仕事に腰が引けている分、和歌子の手際のよさが魅力的に見えた。

それでも結婚したらすぐに家庭に入って欲しかった。自分より仕事のできる妻が、同じ職場にいるのは気詰まりだった。

結婚してからは、小売店回りに同僚より一時間よけいに時間をかけることを自らのノルマとした。土曜や日曜の休日にも営業をすることがあった。同僚に負けないように仕事をしなければ、和歌子に申し訳ない気がした。

「何よ、たまにはあたしを育児から解放してくれたらどうなの」

日曜日の午後、スーツを着て仕事にでかける芳夫に、和歌子が恨みがましく言ったこともある。

「申し訳ないけど、そうはいかないんだ」

芳夫はいつも和歌子にすまなそうに謝っていた。

やがて芳夫の営業成績がどんどんよくなっていった。

大抵の同僚は周囲の人間に、いや自分にも言い訳しながら仕事をしていた。

(こんな仕事におれは全力なんか入れていない。だから失敗しても、おれの能力がないわけではないんだ)

仕事の成果が思うようにいかないとき、そういう態度を仄めかせ自分のプライドを守っている仲間を、芳夫は何度か目にした。当時はやっていたモラトリアムというやつだろう。しかしそういう同僚は決して仕事の力が伸びなかった。

芳夫がたまに休日にも営業に出るのを知った同期の三宅博文は、軽蔑と恐れとが混じった表情で北島を見た。

「なんだよ、お前、休みにやりたいことないのかよ」

「いや、ぼくは君みたいに優秀じゃないから」

芳夫は戯けてごまかした。三宅博文は同期で最も優秀な成績で入社し、出世間違いなしという華々しい噂を立てられていた。

最初から自分は営業に向いていないと思っていた芳夫には、自分に言い訳なんかしている暇はなかった。そうやってプライドを守るより、必死になって営業活動に時間を割き、少しでも売上げを伸ばすほうがプライドが守れた。

その頃だった。五月の祝日に立ち寄った電器屋で、当時営業課長だった上司の鈴木順一にばったり出会った。

「何だ、お前、こんなところで、何をしているんだ」

鈴木に飯に誘われ、北島はたまにこんなことをしているのだと話した。

大抵の上司は、頭はいいが腰の重い部下より、生意気は言わず自分の言うとおりに飛び回る部下が好きだ。芳夫が自分に課していたものと、鈴木が部下に期待していたものとが重なり、鈴木はその後ずっと芳夫に目をかけてくれるようになった。


毅が小学校に入った年に、芳夫は主任になった。三十三歳の主任は和歌子の記憶でも早いほうだった。そのことを知った日、

「三宅さんは？」

と芳夫の同期の名前を出してみたが、

「あいつ、ちょっと勘違いしてってね。当分ダメだよ」

と芳夫は失笑した。

和歌子の知っている三宅は、芳夫の同期で最も有望と見られていた。その時、会社での芳夫は、もう自分のいた頃の芳夫ではないとはっきり気がついた。

主任になった半年後の正月に、和歌子は芳夫に連れられ、芳夫の上司、営業部長の鈴木の家に年始の挨拶に行った。上司の家に年始に行くなんて、初めてのことである。和歌子も鈴木の顔くらいは知っていたが、親しく口をきいたことはない。

「それじゃあ、毅と由美子は母に預かってもらうわ」

「連れて行ってもいいよ」

「だって大変よ。向こうさまだってご迷惑でしょうし」

「鈴木部長は、家族揃って年始に来るようなのを喜ぶ人なんだ」

ああ、この人、上司をそんな風に観察するようになったのだと、和歌子は一瞬だけ芳夫が見知らぬ人のように見えた。

川口のマンションから三鷹の鈴木家まで、電車を二回乗り換えて、一家四人で乗り込んでいった。

「いやあ、来たか来たか」

商店や企業でしか見かけない大げさな門松のある玄関で、鈴木は嬉しそうに芳夫一家を迎えた。

鈴木は額が大きく後退し下腹も突き出て、和歌子の記憶の中にあるよりもずっと老けていた。その姿を見て和歌子は、自分たち夫婦にも長い歳月が流れていることを意識させられた。

床の間のある部屋の大きな膳の前に通されてから、芳夫は畳に両手をつき、

「おめでとうございます。旧年中は大変お世話になりました。本年もよろしくお願いします」

と丁寧に挨拶したので、和歌子も慌てて同じ格好になった。子供の頃、母と一緒に親戚

のうちに行くと、母がこんな風に何度も頭を下げていたことが頭を過(よぎ)った。

「古沢(ふるさわ)くん」と和歌子の旧姓を呼びかけて、

「失礼、奥さんは変わりませんな、相変わらずきれいだ」

と鈴木は如才なく言った。

まあ、おじょうずをおっしゃって、と和歌子の口から自分でも意外な言い回しが出た。

鈴木夫人が料理や酒を次々と運んできた。煮染めも昆布巻きも数の子も蛸(たこ)も、いかにも上等なものに見え、量もたっぷりあった。

「奥様、わたしもお手伝いしましょうか？」

夫人が何度目かに盆を運んできたとき、和歌子が言った。

「いいんですのよ、もう出ませんから」夫人は冗談めかして笑った。「主人から、北島君はぼくの片腕だって、いつもお噂は伺っているんです。今日は腕によりをかけてご馳走しませんと」

「恐縮です」

鈴木の酌を受けながら、芳夫が照れたように言った。

かなり酒が回ってから舌をもつれさせて芳夫が言った。

「和歌子、ぼくの今日あるのは鈴木部長のおかげなんだ。お前だって分かるだろう。仕事ではぴしりと厳しいが、プライベートになるとすっかり上下(かみしも)を脱いでくださる」

はっ、はあ。

和歌子は愛想よく笑ったつもりだったが、頰が少し引きつるのを感じた。

「いや、そんなことありませんよ、奥さん。ぼくのほうこそいい部下を持った」

二人で男同士のエールの交換をしているのが和歌子にも分かった。

「この間の、三報商事。あの時は部長、お見事でしたね」

「まあ、たまたまうまくいったんだ」

「いやあ、そんなことはありません。私はあれで営業の目が開かれたですね。──さんだったら絶対話を壊してましたよ」

芳夫は和歌子も知っている別の部長の名前を出した。鈴木は何か言う代わりに、芳夫の杯に酒を注いだ。

「ねえ、奥さん」鈴木は和歌子に語りかけた。「ここのところ北島君がよく頑張ってくれましてね。営業二部の成績が好調なんですよ。それで私のほうでも強引に主任に推薦したんです。同期の出世頭です」

鈴木は和歌子にも酒を注いだ。

わたし、そんなに、のめませんから。

「まあ、形だけ注がせてくださいよ。今年も私と北島君が組んで、わが営業二部はがんがんいきますから。北島君に、今度は課長への一番乗りを目指してもらわなくては」

「その時は、部長は取締役ですね」

　芳夫がすかさず言った。


　そのあたりが分岐点だったかもしれない。いつの間にか和歌子より芳夫のほうが優位に立ってしまっていた。何をするにも和歌子に遠慮しないようになった。

　その頃、毅が近所の友達と遊んでいて大怪我（けが）をしたことがある。

　たまたま通りかかった近所の人が抱えて連れてきた毅は、血まみれだった。和歌子は気が動転して、すぐにオフィスの芳夫に電話した。

「あなた、毅が血だらけになって」

　取り乱した声でいきなり言った。

「どうしたんだ？」

「近くで遊んでいて……」

　と芳夫は冷静だった。

「すぐに救急車を呼びなさい」

「あなた、すぐに帰って来てくれる？」

「毅はどんな様子だい」

「すすり泣きをしているわ」

「泣いているなら大丈夫だよ。今夜はなるべく早く帰るから」

その夜、芳夫は九時すぎには帰宅した。玄関に入るや否(いな)や、

「毅はどうした？」

と聞いた。

「怪我は大したことなかったわ。血ももう止まっているし」

芳夫はベッドに横たわっている毅の怪我を確かめた後、何事もなかったように居間に行きテレビを見始めた。

「同じクラスの正人(まさと)って子なんだけど、学校で注意してもらったほうがいいかと思って」

和歌子は毅が正人につき飛ばされて滑り台から落ち、怪我をしたことを芳夫に伝えてからそう言った。

「いいよ。放っておけば」

「だってまたやられたら困るじゃない」

「毅はクラスでいじめに遭(あ)っているのか」

「そんなことはないみたいだけど、正人って子は乱暴なのよ。とにかく注意だけはしておかないと」

「子供の喧嘩に親が出ることはないさ。俺たちの子供の頃なんてみんなそうだった。和歌子だって覚えているだろう」

　それはそうかもしれないが、当時といまとは違うのだ。和歌子はそう思ったが、口には出さなかった。芳夫の中にてこでも動かない岩のような確信が感じられた。なんだかその確信に自分が吸いこまれそうな気がした。

　芳夫は三十七歳から二年ほど大阪に転勤して、三十九歳になって東京に戻り、課長になった。二年前のことである。これも同期で一番だと、和歌子は芳夫から聞かされた。

　この頃には、

（芳夫は仕事ができるんだ）

と和歌子にもすっかり納得がいっていた。

　この十数年、出世しなくてものどかな人がいいと思っていた夫が、仕事のできる厳しい人へと少しずつ変わっていくのに、和歌子も少しずつ慣れていった。

　芳夫が和歌子の家事や育児に注文をつけるようになったのは、いつ頃からだったろうか。最初に「あれっ」と思ったのは雛祭りだった。

　三月四日、雛祭りの翌日遅くに帰ってきた芳夫が、まだ居間に飾ってあった雛人形を見て、

「早く片付けないと由美子の嫁入りが遅れると、昔から言うよ」

と言ったのだ。去年まではそんなことは言わなかったのにと、怪訝に思った和歌子は、

「そんな古い迷信みたいなこと言って」

と笑った。

「古いって言や、この行事をやること自体が古いことに従うんだから、やるならしきたりどおりにやらなくちゃ」

芳夫は固い表情で言い切り、仕方なく和歌子は夜中までかかって雛人形を片付けた。

頼まれていたYシャツをクリーニングに出し忘れて、怒鳴られたのもこの頃だった。

「忘れることだってあるじゃない」

それにも和歌子は反論した。そんなことくらいで文句を言われては、かなわないと思った。

「ぼくらさ、得意先に頼まれていたことを忘れたら、一巻の終わりだってことが幾らでもあるんだぜ」

和歌子は頭をがつんと殴られたような気がして、次の言葉を呑んだ。

毅の通信簿も、もらってきたその日に自分に見せなければ、怒るようになった。最初甘えたように渋っていた毅にこう言った。

「これが毅の仕事だろう。仕事の成果はすぐにお父さんに見せなきゃダメじゃないか」

通信簿を見れば、必ず毅を奮い起たせるような感想を言った。いや芳夫には奮い起たせるつもりがあっても、毅は大抵、その言葉にめげた。小言を言う回数は少なかったが、言い方が鋭いので、毅は父を怖がった。

何に対しても仕事の流儀で判断していることが和歌子に分かってきたが、分かってきたからといってどうにもできなかった。芳夫はそれが正しいと思いこんでいたし、それなりの理屈も通っていた。

「家と仕事とは違うでしょう」

と言ったこともあるが、かんたんに反論されてしまった。

「そりゃ、違うだろう。でも人は誰でもそれぞれの生きている現場で、それぞれの厳しさが要求されるんだ。ただ他人に甘えてぐうたらにしていればいいってことはない」

和歌子も毅も芳夫のやり方に慣れるしかなかった。仕事の流儀に置き換えればいいのだから、和歌子にはそう難しくなかったが、毅はよく分からず、いつもまごまごしていた。

芳夫は会社で必死に仕事をしていた。

会社では目尻をつり上げて仕事の流儀を貫き、家に帰ったら家のやり方にするなどと器用なことはできなかった。主婦だって小学生だって、自分に与えられた義務をきちんと果たすように生きることが、いいに決まっていると思っていた。

主任というのはたんなる肩書だけで、自分の直接の部下はいなかったが、課長になると八人の部下を使うようになった。

芳夫は自分が若い頃、実践したやり方を、部下にも真似させて成績を上げようとした。つまり可能性のあるぎりぎり一杯の目標を立て、休みの日も削ってそれを実現させるというシンプルな方法である。

芳夫の若い頃と若手社員たちの考え方が違っているのは知っていたが、他の方法は思いつかなかった。

芳夫はもって生まれた親分肌ではないから、部下たちをひっぱって行くのに、けっこう無理をした。それでも率先垂範はいつの時代でも有効なリーダーシップの方法であった。

芳夫の課は東京の営業部の中では、もっとも高い営業成績を上げ、すでに営業担当の常務になっていた鈴木を喜ばせた。

バブルが弾けて以来、企画や総務、研究所にいた社員たちがかなり営業に回されてきた。芳夫の課にも三人の中堅社員が異動してきたが、その中にそれまで企画でくすぶっていた三宅博文が混じっていた。

芳夫はその人事を鈴木から聞かされたとき嫌な気がした。あの理屈屋の三宅が自分の部下になるのだ。芳夫のシンプルなやり方に、彼が付いてくるとは思えなかった。その不安を婉曲に漏らすと、

「いいからどんどんこき使え。辞めてくれたらもっけの幸いだ」

と言って鈴木は高笑いをした。

しかし芳夫は三宅らをうまく使うことができず、彼らが口先ばかりで少しも成果を挙げていないことは、よその課から見ても分かるほどだった。

不況が二年目に入った頃、会社は大量に売れ残った在庫を、首都圏の大型ディスカウントストアに捌こうと決めた。

いままで、値崩れを恐れて自社の製品がディスカウントストアに流れないように管理していた大河電器だが、背に腹はかえられなかった。

ある日、その計画を鈴木が芳夫に打ち明けた。

「常務会は決断したんですか」

「表向きは常務会を経ていないことになっている。常務会で正式にディスカウントルートに商品を流すなんてことを、認めるわけにはいかんだろう。もちろん厳重なマル秘だ」

鈴木は厳しい表情で言い、芳夫も同じ表情で頷いた。

これまでも同じようなことは何度もあった。たとえば自治体を相手に商売するときには、ほとんどが談合で話が決まっていて、会社もそのことを了解していたが、事が起きれば担当者が独断でやったことになる。

(今度の場合、担当者は自分ということになるのだろうか？　鈴木なのだろうか)

そんな疑問がちらりと頭をかすめた。

芳夫は注意深くダミーを経由して使い、幾つかの安売り業者に連絡をとった。マスコミばかりか、社内にも知られないようにしなくてはならなかった。ようやくあるディスカウント業者と連絡が取れた。そのことを鈴木に報告すると、

「君に任せる」

と言われ、これはいざというとき自分が責任を取るのだと、胃が収縮するような緊張感に襲われた。

寿(ことぶき)電業の社長の西尾(にしお)が時どき雑誌などで取り上げられるのを、芳夫も見たことがある。どこでもかしこでも、えげつないというより笑い話のような安売り哲学を語っていた。

応接室のドアを開けて入ってきたのは、マスコミで見たままの西尾だった。芳夫はなんだか親しい人でも見るような奇妙な気がした。

「大河電器さんはいいモノを作ってんだけど、もひとつ人気がないね」

椅子に座るなり西尾が言った。

「それはきついことをおっしゃる」

芳夫は笑みを浮かべたまま言った。

「きついも何も、事実ですよ」

「うちのファンも多いんですよよ」

「まあ、変わり者も少しはいるみたいですがね」

むっとしたが、芳夫はこらえた。

「冷蔵庫と洗濯機を各千本、クーラー二千本をお願いしたいんですが」

芳夫はカタログを示しながら言った。

「なんぼ、引いてくれますねん？」

それまでの栃木訛りが、急に関西弁になった。

「これで、どうでしょう」

芳夫はカタログの上に数字を書き込んだ。鈴木から許可されている範囲だ。

「そんな値段やったら、こっちかて幾らでも手に入りますわ」

「そんなことはないでしょう。うちの倉庫からこれ以下の値段で出したことはないですよ」

芳夫ははったりをかました。

「お宅から出なくたって、お宅に押しつけられた卸しから幾らでも投げてくる」

「うちは製品ナンバーで管理してますから、そんなことありませんよ」

芳夫もむきになって言った。

西尾はテーブルの上の電話を手にし、

「あれ持ってきてくれや、大河電器のクリーン天国のちらし」

愉快そうに大声で言った。

西尾が無茶な値引きを要求したので話はまとまらなかった、と報告した芳夫に、

「どうした？　君らしくもないな」

と鈴木は皮肉っぽく言った。

「うちのことを滅茶苦茶に言いやがって、駆け引きの中身も嘘ばっかりで」

「いつもの君なら、もっと冷静になんとかしたろう」

「すみません」

「済んだことは仕方ないが、すぐに次のターゲットに当たってくれよ」

「分かりました」

と答えたが、まったく心当たりはなかった。

その日はそのまま鈴木に誘われ、帰りに銀座のバーに寄った。時どき、二人で行く店である。奥のボックスで女の子たちに、しばらく遠慮するように言ってから、鈴木は声を潜めて言った。

「三宅君はどうだい？」

芳夫は三宅が使いにくいので、どこか別のセクションに移してくれないかと、鈴木に申し入れていた。

「相変わらずですよ」

「あいつも馬鹿だな。仕事ができないくせに可愛げもない。まあ、君のように両方あるのも珍しいがな」

　そう言われ、芳夫はくすぐったい気分になる。

「企画室長も君と同じようなことを言っておった。君のところで使えないようなら、第二研究所に行かせてもいいんだがな。君のところも売上げも上がらんし、いつまでもムダ飯喰らいを飼っておくわけにはいかんだろう」

「第二研究所ですか」

「二研の資料センター主事が空いているんだ。君さえ因果を含めてくれれば、いつでもいいぞ」


　その夜、芳夫はかなり酔っ払って帰宅したが、和歌子は芳夫の酔っ払いは嫌ではない。芳夫はいくら酔っても、家で醜態を見せたことはないし、むしろ陽気になって、細かいことを気にしないので有難いくらいだ。父が酔っているときは、毅も安心してテレビを見ている。

「ねえ、次の次の土曜日、父親参観日なんだけど、行ってもらえるかしら」

　居間のソファに腰を下ろした芳夫に和歌子が言った。

「無理だよ」

「仕事ですか」

「子供の授業を父親が見たって、しょうがないじゃない」

「だって見たがるお父さんだって沢山いるのよ」

「そういう人は見に行けばいいさ。君だって大河電器にいたから見当がつくだろうが、頭なんか中途半端によくたって、人生には何の役にも立たない。それより男は自立心だよ。自立心を養うには放っておくに限る。仕事のできない奴はみんな甘ったれで、他人ばかりを頼りにする。三宅なんか、とうとう窓際族だ」

芳夫は言ってから失笑した。

「まどぎわ？」

「ああ、二研の資料センターだ」

そこが窓際かどうか和歌子は知らない。

「あいつだって勉強はできたんだからな」

芳夫は鈴木がいらいらしているのをはっきりと感じていた。

いくつか打診しているディスカウントの店との話はまったく進展しないし、営業成績はさっぱり上がらないし、三宅に二研行きの話もしていない。三宅を一度、会社の近くの呑み屋に誘い出したのに、とうとう切り出せなかった。

三宅は一体何事だろうと、怪訝に思ったに違いない。しかし、かつて同期の華だった男に、明らかに左遷と分かる人事異動を伝えるのは至難の業だ。こっちがもう少し偉くて、それが本来の任務なら伝えられるかもしれない。しかしたんなる課長なのだ。それが左遷人事を伝えれば、自分の個人的願いによるものと見抜かれてしまうだろう。

デスクの電話が鳴ったのは、芳夫が昼飯から戻ってきたばかりのときだった。

「ちょっと来てくれないか」

鈴木の声だった。

椅子から立ち上がりながら、その声がとても不機嫌そうなのに気がついた。

（なんだろう？）

秘書が気取った表情で役員応接室に芳夫を案内した。そこに鈴木が座り、週刊誌を手にしていた。

「これ見たか」

きつい眼で芳夫を見上げ、その週刊誌をテーブルの上に放りだした。

「いいえ」

鈴木はもう一度手に取り、真中あたりの頁を開いて芳夫に渡した。そこには「不況を吹き飛ばす安売り王」というでかいタイトルの下に、あの西尾の得意そうな笑顔があった。

「これは、なんですか」

「いいから、読んでみろ」

インタビュー記事の途中に赤いペンで線が引いてあった。その部分に目を走らせた。

西尾「やっぱり深刻な不況やね。思いも寄らないところから、うちに安う買うてやと話持ってきますわ」

——思いも寄らないところと言いますと？

西尾「名前を言うのは堪忍したって。武士の情けや」

——西尾さんとも思えないですね。それともいまのお話は得意の大ボラですか。

西尾「失敬やね、君は。……そやね、クリーン天国の会社や、あそこの課長が来てな。生意気にわしを相手に駆け引きをしようとしたから、追い返してやったわ」

芳夫は体の血が逆流するのを感じた。その心の動きを見透かしたように、鈴木が言った。

「それな、社長がわしのところに持ってきたんだぞ」

「本当ですか」

「君もとんでもないことをしてくれたな。西尾の奴、君に顔を潰されたと思って、こんなところで仇討ちをしているんだよ」

芳夫は返す言葉がなかった。

「うちはディスカウントと付き合わないことになっているんだ。こんな週刊誌に載るようなことになっては、わしも君を庇いようがないぞ」

突然芳夫の異動が発表されたのは、十二月二十二日、天皇誕生日の前日だった。年も押し詰まってからの人事異動は、まったく異例のことだったし、行く先が第二研究所資料センター主事というあからさまな左遷人事で、社内は騒然とした。

＊

「ねえ、あなた」

天皇誕生日の翌朝、いつものように六時四十分に、和歌子は芳夫に声をかけた。

目覚まし時計を六時にセットし、朝の支度をし終えてから芳夫を起こす。東京に戻ってから、それが決まりになっていた。

六時四十分に起きれば、七時二十分に家を出て八時半に会社に着くという。

いつもだったら、その合間に毅と由美子が起きてきて、ばたばたと慌ただしい朝の時間がすぎるが、毅は今日から冬休みだった。

キッチンに立っていた和歌子は、はっと気がついた。まだ芳夫が姿を見せない。また眠りこんでしまったに違いない。

（怒られるわ）

朝、夫を起こし送りだすまでは、妻の義務だということになっている。いつだったか何度も声をかけたのに、起きてこなかった芳夫は遅刻しそうになって、猛然と和歌子を怒った。

「何度も起こしたでしょう」

と言ったら、

「こちらは寝惚けているんだから、しっかり目覚めるまでは君の役目だろう」

と理不尽な逆襲をされてしまった。

「あなた、あなた、遅刻しますよ」

廊下から声をかけながら、ドアを開けた。芳夫の布団は堆く盛り上がっているが、何の反応も返ってこない。

「あなた、もう七時すぎたわよ」

カーテンを開け、布団の上から体を叩いた。

芳夫は目を開け、まぶしそうな顔をした。

「ご免なさい、もう起きているものとばかり思っていたの」

怒られる前にとりあえず謝った。いまではそれが理不尽だと思う気持ちは薄れている。

「いいんだ」

そう声を絞りだして、芳夫は反対側に寝返りをうった。

「いいって……」

「今日は会社に行かない」

「どこか具合でも悪いの」

答えず芳夫は布団を頭に被（かぶ）った。

本当にいいのね、後で怒っても知らないから、と言って和歌子は部屋を出た。

（どうしたのかしら）

遅く起きてきた毅が冬休み特訓塾へ行った後、和歌子は生協の経営する店に買物に出かけた。今夜のクリスマスイブの支度がある。もう由美子もサンタクロースの存在を信じなくなっているが、二人ともプレゼントと御馳走（ごちそう）を楽しみにしている。この日くらいは一緒に夕食を食べて欲しいと、何度も芳夫に言ってきたが、滅多にそうしてくれたことはない。

大きな荷物を手にして、家に帰りついたとき、ふと思った。

（芳夫はもう出勤したかもしれない）

奥の部屋を開けると、まだ布団が盛り上がっていた。もう一度カーテンを開けようと窓のほうに歩きかけて、芳夫が目を開けているのに気がついた。

「なんだ、起きていたの」

言いながらカーテンを開けた。光が一度に入ってきて、芳夫は目を固く閉じた。

「まだ具合が悪いの？」

「具合なんか、悪くないさ」

「それじゃあ、どうして？」

芳夫は勢いよく起き上がり、布団の上に胡座(あぐら)をかいた。

「おれな、二研の資料センターに行くことになった」

和歌子はその言葉の意味がよく分からなかった。二研に行くのは三宅のはずではなかったのか。

「呆(あき)れたよ。三宅が行くはずだったところへ、おれが行くことになってしまった」

「どうして、そんなことに……。鈴木さんだってあなたのこと」

「その鈴木さんに命じられて行くんだ」

「何かあったの」

「鈴木さんに言われたことをしただけだよ」

芳夫はかんたんに事情を和歌子に話した。最近では滅多に会社の話はしなくなっている。

「ひどいっ」

和歌子は悲鳴のような声を上げた。芳夫がそんな立場に陥(おちい)ることがあるなんて、考えたともなかった。

　パジャマの上にガウンを羽織り、芳夫はダイニングルームのテーブルの前に座った。

「ひどくはないさ、それが会社だ」

「だって、ちっともあなたに悪いところはないもの」

「結果なんだよ。会社はすべて結果なんだ」

　テーブルに朝食の用意をしてから芳夫の隣りに座り、和歌子はその横顔を見た。

（会社の理屈に当てはまっていれば、この人は何でも従うのかしら？）

　芳夫のあごヒゲがかなり濃くなって、やつれて見える。

「それじゃ、今日は異動の期間ということでお休みなの」

「そうじゃないんだ」芳夫はふふっと笑った。「なんだか出勤する元気が湧かないんだ。体に力が入らない。出社拒否症だな」

　その言葉を聞いた瞬間、和歌子は嗚咽の衝動に衝き上げられた。

「そうよ」涙声になるのをこらえた。「当然だわ。あなたが何と言おうと、あたし会社がひどいと思うわ」

　芳夫は答えず、ご飯をかき込んでいた。初めてデートしたとき、ずいぶんゆっくりとご飯を食べる人だと思ったことが嘘のように、いまでは何でも猛スピードで食べる。

芳夫が朝食を食べ終わって間もなく、毅が友達をつれて塾から帰ってきた。

居間のソファに父の姿を見てどきっとしたようだ。

毅は友達を促して、すぐに自分の部屋に入ったが、しばらくしてから姿を現わし、和歌子の側にやってきた。

小声で、ファミコンやっちゃいけない？ と言った。

「いいわよ」といったん言ってから、ソファに寝そべっている芳夫のほうを見て、「お父さんにも聞いてごらん」とつけ加えた。

毅はためらいがちに、

「お父さん、ファミコンやってもいい？」

と聞いた。

「ああ」

芳夫は片目だけを開いて言った。

毅と友達はソファの前のテーブルの両側に座ってファミコンに興じ始めた。最初は芳夫に遠慮して、温和しかったが、やがて大きな声を出し始めた。

ダイニングルームのテーブルの上で洗濯物を畳みながら、和歌子ははらはらしていた。

芳夫が突然「うるさい」と怒り出さないとも限らない。その和歌子の視線の先で、芳夫がソファの上に座り直して言った。

「スーパーマリオのときは、お父さんもやったっけな」

毅は一瞬だけ父のほうを向き、ちょっと微笑んでからブラウン管に集中した。

「おれにもやらせてくれないか」

しばらく見ていた芳夫が言った。

「いいけど、橋本君の次だよ」

その言葉にも和歌子ははらはらしたが、芳夫は何も言わなかった。

やがて芳夫の番がきた。芳夫は一生懸命レバーを操作したが、たちまちゲームオーバーと表示が出てしまった。

「父さん、みじめ！　もう一回やってもいいよ」

毅が噴き出しながら言った。

「そうかい」と芳夫はもう一度始めた。今度もすぐに終わった。

「もう一回、いいかな」

芳夫は遠慮がちに言った。

「まあね。二回やってもおれらの一回の十分の一しか持たないんだから」

「なんでお前なんかに負けるんだろう」

悔しそうに言って、芳夫はもう一度ファミコンの機械を手にした。

芳夫はどうして子供みたいにファミコンなんかに夢中になれるのだろう？　和歌子は以

前しみじみ不思議に思ったことがある。和歌子は子供たちにいくら誘われても、やる気にならない。

はっと気がついた。

(この人にとっては仕事も家庭も、きちんとしたルールのあるゲームなんだ)

洗濯物をたんすにしまってから和歌子は、芳夫の傍らに座ってブラウン管に目をやった。画面には数台のレーシングカーが、凄まじい音を立てて走っている。

芳夫が操作しているらしい車が、どん尻を走っていることが和歌子にも分かった。

「お父さん、頑張ってよ、びりじゃないの」

思わず声が出た。それが聞こえたのか、聞こえなかったのか、芳夫はゲームに没頭している。

今度もたちまちゲームオーバーになった。

「ねえ、毅。お父さんにもう一回やらせてあげたら」

和歌子が言うと毅と友達は顔を見あわせた。二人が頷きかけたとき、

「いや、もうお前らの番だ。おれはお前らのやり方を見て少し勉強しないと」

芳夫がファミコンの機械を毅に渡した。

夫がそうするだろうと和歌子は知っていた。子供のゲームの順番さえこの人は、あまりの横紙破りをすることは潔しとしないのだ。

和歌子は夫のやつれた横顔を見た。

この人は会社のゲームに本気で参加して、今日まで精一杯フェアに戦ってきた。今度のことで、この人の人生には「ゲームオーバー」という表示が出てしまったのだろうか。それとも次のラウンドがあるのだろうか。いやそこが資料センターであろうと、他の職場に移ろうと、人生の次のラウンドが用意されていないはずはない。わたしもう一度、この人の第二ラウンドに立ち合わなくてはならない。

「ねえ、おかあさんにもやらせてくれる」

突然、和歌子が言った。

「ほんとっ！」

毅が目を丸くした。

「やれるのか」

芳夫も驚いたようだ。

和歌子は二人にちょっと微笑んでみせ、ファミコンのレバーをしっかりと握りしめた。

私、売れますか

1

いったん、そのビルの前を通り過ぎ、かなり行ってから、横田昭次(よこたしょうじ)は立ち止まった。息を詰めるように緊張していたせいか、わずかに胸が弾(はず)んでいる。

回れ右をして、もう一度やりなおしだ。そう多くはない通行人の目が気になり、横田はさりげなく辺りをうかがった。

かすかに右の足を引きずり、反対の肩をひょこひょこ上下させながら歩き始めた。長いこと営業部にいる間に、それが街を歩くときの横田のスタイルになっている。それは横田を吹けば飛びそうな軽い存在にも、頑固に自分を主張する男にも見せる。

ビルが近くなってきた。

「ドナルド人材開発研究所」という空色の看板のかかったビル。舗道からそのビルの玄関まで、数段の石段がある。

その前に差しかかったとき、

(えい)

心の中でそう叫び、横田は石段を駆け上がった。

気がつくとビルの中、受付の前に立っていた。

「いらっしゃいませ」

大きなデスクの内側から、若くはない、しかしなかなか美形の女性が微笑んでいる。

あのお、と横田は口ごもった。（なんとしてもこのビルに入ろう）とだけ考え続けていて、入ってからどうするかまでは考えていなかった。

「人材募集ですか」

「い、いいえ」

ぎこちなく答えながら思った。もう間もなく四十歳になる。人を募集する側に見られてもちっとも不思議ではない。

「求職ですね」

「ええ、まあ」

「それでしたら、この廊下を行きまして、突き当たりの左側のお部屋です」

受付嬢に教えられた部屋のドアを開けると、二人の先客が窓際の机で、用紙に何か書きこんでいるのが目に入った。

「求職ですね」

窓の向かい側の、パネルで仕切られた小部屋の入口に立っていた男が言った。男は一見、小学校の校長のように見えた。いかにも他人に教えることが好きそうな雰囲気が滲み出ている。

「はい」

「それでは、そこの求職データ票に所定の項目を書きこんでから、呼ばれるまでお待ちください」

男が指差した台の上に用紙の束が重ねてあった。横田は説明を斜め読みし、そこに記入してからソファに座って、呼ばれるのを待った。

パネルの小部屋は二つあった。半透明のガラス越しに中にいる人の姿が見え、時どき声が聞こえた。

横田の向かいに、横田より一回りほど年上の小柄な男が座っていて、時どき無遠慮な視線を向けてきた。さっきデータ票に記入していた男の一人だ。ここに来る者はプライバシーを守りたいだろうに、無神経な部屋の作りだと、横田は腹立たしくなった。置いてあった週刊誌を膝の上に拡げ、男と視線を合わせないようにしていた。

「求職ですか」

男が言ったが、聞こえないふりをした。

「お見かけしたところお若いようで、羨ましいな。失礼ですがまだ三十代でしょう」

仕方なく横田は顔を上げ、

「いや、四十歳です」

と一歳さばを読んだ。

「そうですか、羨ましい。あなたなら仕事はいくらでもありますよ。あたしは五十六歳になりますが、ここまでくるとなかなか……」

男は締まりのない口調で言った。そんな隠居のような心境では求職などできっこないぜ、と意地悪な気分になった。

「ところで、あなたはどんな売り物をお持ちですか?」

男が横田の意表をつくことを言った。

「売り物?」

「ええ、売り物です。あのパネルの中に入ったら、カウンセラーは、いの一番にそれを聞いてきます。あたしは何も持っていないから、ちっとも売れやしない。あなたならきっと……」

「それは」と言いかけて、横田は絶句した。

(一体、おれにはどんな売り物があるのだろう)

東洋電工ではずっと営業畑だった。「売り物は?」と聞かれたらすぐに「営業マンとしての腕です」と答えるべきだろうが、自分の腕は売り物になるのだろうか? 実のところ、実際に転職したいと思ったわけではなく、自分の力が世間に通用するのかどうか知りたくて、ここに飛びこんだのだ。

　やがてお喋りな男が右のパネルの中に呼びこまれ、続いて横田も隣りの部屋に呼ばれた。

　先ほどの校長のような男が、デスクの前に座って笑みを浮かべていた。横田が渡した求職データ票を見ながら、

「東洋電工さんですか。これは立派な会社ですな」と間延びした口調で言った。

「あそこは指名解雇か何か、やってましたっけ」

「いいえ」

　横田は低い声で言った。

「それなら、あなた。何だって、仕事を探しているのですか」

（そこに書いてあるじゃないですか！）

　横田の胸の中に食ってかかるような言葉が湧いた。それを見透かしたように校長は言った。

「求職の理由は、もっと詳しく書いていただかないと、私どもとしても、胸を張って相手先にご紹介できません」

　それは尤もだと思った。

「実は、そこに書いたとおり、私は東洋電工の営業マンを長いことやってきまして、営業

の腕はかなり磨いたつもりです。しかし、いまの会社では先も見えてきましたし、もう一度別天地で一からやり直したら、どれほどのことができるかと思って、ここに参ったのですが」

自分の気持ちをいくらかきれいに脚色して言った。

「辞めなくてはならない理由は、何もないのですか」

「ええ」

「たんに腕試しに転職したいと……」

「ええ、まあ」

「この不景気に、それはずいぶん思い切った覚悟ですな。東洋電工ならこっちから頭を下げて就職したいという者が、掃いて捨てるほどいますよ」校長は親身な口調になった。

「思い直したほうがいいのじゃないですか」

「私では売り物になりませんか?」

「いいえ、東洋電工の営業さんなら、そんなことはないですが……、東洋電工みたいないいところには売れないですよ」

「いいところって……、見ると聞くとでは大違いですよ」

「世間的に名前が知れていて、給料や休みの条件もまずまずなら、それをいい会社といいます。見ると聞くとが違うのは、どこにもありますから」

（うちの会社はそんなに高く評価されているのか？）

横田は改めてそう思った。

2

会社でちょっと古い者は、しばしば横田を〝韋駄天の横さん〟と言う。

そう言われるとき横田は、胸の辺りに苦いものが過るのを感じることがあった。

その呼び名には、いつも走り回っている働き者というニュアンスもある。しかし体を使って頑張るしか能がない営業マンだ、と言われているような気もする。

もう十年以上も前、納めた製品のことで得意先からクレームがあり、横田が慌てて飛んで行ったはいいが、別の顧客のところに行ってしまったことがある。周り中に怒るより先に笑われてしまい、それから〝韋駄天の横さん〟と呼ばれるようになった。

東京の一流私大から東洋電工に入社し、すぐに大阪の営業本部に配属となった。同期のほとんどが東京周辺だったから、

「何で、おれだけ大阪なんだ」

と少し不満を感じたが、後に人事の慣習が分かってくると、その配属はたまたまのことだったと納得した。

それは確かにたまたまだった。しかし、そのたまたまで、大阪支店の営業部長だった笹本裕介と出会ったことが、横田の運命の別れ道となった。

笹本は東洋電工の出世コースの本流、建設部門ではなく、情報機器部門に愛着を持っていて、横田をそこに引きこんだ。当時の情報機器部門はいかにも時代の先端のように見え、横田も気に入った。

しかしそれから十七年が経ち、情報機器は凄まじいほどに膨張したが、いまでも、東洋電工の本流はやはり建設部門なのだ。

若くて、柔軟で、意欲的なうちは先端部門も悪くはない。しかし三十代も半ばを過ぎれば、本流がとてつもなく大きなものに見えてくる。その本流から遠いとおい支流に、とうに横田はまぎれこんでしまっていた。時どき、

(おれは貧乏くじを引いたのかな)

と溜息まじりに思うことがある。

情報機器は、技術革新が猛烈に速くて複雑である。新製品が出てくる度にドロ縄で勉強するのだが、文科系の横田には半分も分かればいいことがしばしばだ。

得意先で、若い技術者から、

「この仕様でこれだけの負荷に耐えられますか」

などと聞かれると、何のことかさっぱり分からないこともある。若い頃なら、

「すみません、技術室に確かめてきます」で済むが、主任の肩書を名刺に刷りこんでからはそうはいかない。

「ええ、もちろん大丈夫ですよ」

とその場では自信たっぷりに請け合い、会社に戻ってから、慌てて技術室にそれを確認する。合っていれば、ほっと胸をなでおろすが、違っていれば急いでその得意先に電話をかけ、

「すみません、さっきの違ってました」

と訂正し、場合によってはもう一度馳せ参じなければならない。これも二度や三度ならいい。それ以上になると信用に関わる。

仕方なく、三年前の夏休み、横田は社内の若い技術者に高いアルバイト料を払って自宅に呼び、一週間の特訓を受けたこともある。おかげでかなりの知識が身についたが〝韋駄天の横さん〟のあだ名は一向に消えない。それどころか、省略して〝いださん〟などと呼ぶ者も出ている。

「いださん」

と、その日も隣席の課長に呼ばれ、横田は首だけをそちらに向けた。普段はそう呼ばれても苦いものが過ることはない。

「並木(なみき)さん、どうなったの？」

「いやあ、はっきりしませんで」

「君の親友なんでしょう」

「ですが、並木ビルのトップシークレットなもんですから」

「だから、よけい親友が有難いんじゃないの。そうでなかったらこんな無理は言わないよ」

課長の口調に皮肉っぽいものがある。

現在、横田は港区(みなと)に建設されようとしているオフィスビルに、通信システムを売りこもうとしている。並木ビルのオーナーの息子が大学時代のゼミの同期で、その話はかなり早い段階に横田の耳に入った。横田は喜んで、部内で少しオーバーに吹いた。ところがバブルが弾け、話はさっぱり進展しなくなった。一体、これからどうするつもりなのか、並木ビルの意向を確認するのが、横田の役目になっている。

課長にせっつかれる度に、

（あんなに、吹くんじゃなかった）

と横田は自己嫌悪に襲われる。もともと、はったりのない性格で、それを自負していた。

あの時はつい魔がさした。いや、少し吹かないと自分を保っていられないほど、落ち込んでいたのだ。偉そうに、「おれは並木ビルのオーナーの息子と友達だ。だから大きな仕事が取れそうだ」と皆に言うことで、ようやく心のバランスがとれる状態だった。

とくに何があって落ち込んだわけではない。会社の本流を外れ、女房、子供、実母と三人の扶養家族を抱えた中年男なら、毎日の暮らしの中に、落ち込む原因はいくらでもある。それを少しずつごまかしながら日々をやり過ごしているのに、何かの拍子(ひょうし)にバランスが崩れてしまうときがある。

あの時は、妻、恵美子(えみこ)の無神経のせいだったのだ。

東洋電工の給料は、かなり昔から銀行への自動振込になっている。最初は物足りないものを感じた横田もすぐにそれに慣れ、むしろ手間がいらないことを有難く思うようになっていた。失敗はその口座から恵美子が勝手に現金をおろせるようにしたことだ。

あの時、恵美子は大きな冷蔵庫か何か、値の張るものを欲しがっていた。

「もう一つゼロが多かったらな、買っちゃうんだけどな」

キッチンで一人娘の由美子(ゆみこ)に言っている恵美子の声が、横田の耳に入った。

「ねえ、おかしいでしょう。実際のお金じゃなくて、この通帳の上に印刷された小さな数字が少し大きくなればな、って気になっちゃうのよね」

「じゃあ、あたしがゼロ一個書き込んじゃおうか」

まだ小学五年の由美子が笑いながら言ったとき、横田は腹の底に冷たいものでも注ぎこまれたように感じた。

キッチンから出てきた二人はまだ笑っていた。テレビから顔を上げた横田と視線が合い、

「あら嫌だ、聞いてたの？」

恵美子がおかしそうに笑った。亭主が不快感を抱いていると少しも思っていないようだった。

「そうだ。お父さんに書いてもらったほうがいいや、字が上手だもの」

由美子がダメ押しを言った。

（お前らはその通帳の上の数字を見るとき、おれの存在を思い浮かべることはないのか）

そこまで深刻に考えなくてもいいものを、横田は胸の中でそうつぶやいた。

こんな恵美子の能天気を、いつもはそれほど不愉快には思わない。そのとき虫の居所が悪かったのだろう。

いつもは恵美子より横田の母親、恭子が横田を落ち込ませることが多い。

横田の兄は小学校に上がる前に交通事故で亡くなり、恭子の愛情は一人残された横田にやや常軌を逸して集中した。

横田はどこへ行っても母親の視線が自分の後を追い掛けてくるような気がして、辟易としたものだった。大人になってからはさすがにそれは薄れてきたが、その代わりにいろん

な風に形を変えた。

　たとえば恭子のこんな口癖である。

「昭次は本当に親孝行だ。いい学校に入って、いい会社に入って、立派に出世して、わたしにもとてもよくしてくれる」

　いままでに何度聞かされたことだろう。それを聞く度に、嫌な気がした。恭子が本当にそう思っているというより、きっとそうしてちょうだいね、と自分にすがり付いてくるような執心をあからさまに感ずるのだ。

　それに、いい学校、いい会社まではそのとおりかもしれないが、いまの自分は「立派に出世して」では絶対にないのだ。出世コースからはとうに逸れてしまった。母親の口癖を聞くと、そのことを皮肉られているような気にさえなった。

　十二年前に結婚してすぐに父親が死んでから、年々その口癖が頻繁になっているような気がする。

3

「ねえ、並木さん」

　同期なのにいつの間にか横田は、並木をさん付けで呼ぶようになった。気がついたときは、くんで呼ぶことができなくなっていた。

「御社のトップシークレットだということは分かっているんですが、大体のめどだけでも教えてもらえんですかね」

カウンターに並んでいた並木は、手の中の水割りのグラスを振り続けている。その度にカラカラと可愛らしい氷の音がする。

「うちとしても来期の予算にも関係してくるんで、課長がどうしても聞いて欲しいと」

「君、もうじき課長だろう?」

並木が唐突に言った。大学を出てすぐ父親の創った並木ビルに入ったから、サラリーマン風の作法はほとんど身についていない。

「さあ、どうかな。お宅の仕事がうまくいけばね、そしたら、課長かもしれないけど、……だから頼みますよ」

「頼まれても、どうするかは景気しだいってところがあるからな。親父にも分からないんじゃないかな」

「それは分かってるけど、まったくめど無しってことはないんでしょう。年内は無理でも年明けから基本設計にかかって、とかあるんじゃないの」

「そうかもしれないけど、それは親父の腹ん中にあるんだよな」

「それじゃあ、親父さんに会わせていただけないかな。そしたらもちろんこっちは部長を、いやいや、トップに出てもらいますよ」

　並木ビルのオーナー社長なら、きっとこっちも社長に出てもらえるだろうと、横田は計算していた。

　はっきりした返事をしないまま、並木は横田を次のカラオケスナックに誘った。

　並木の行きつけの店だ。仕事が絡まないときは並木が勘定を払っていたのに、一度、課長と一緒に行ったとき、課長が払ってから、並木はその気になり、けっして財布を出さなくなった。横田もそう度々、会社で落とせないから、二回に一回は自腹を切る。

「若社長」と店の女の子たちは並木を呼ぶ。

「並木さん」と呼ぶだけでも、気持ちが収まらないのに、ここでは横田も彼女らに合わせて若社長と呼んでしまう。

「若社長、あれ、いきましょうよ」

　女の子たちが並木の得意な曲を勧めても、並木はもったいをつけて、なかなか歌おうとしない。

「それじゃ、前座が」

　などと言って、先に横田が立ち上がる。自分では音痴だと思っていて、プライベートの酒席で歌ったことはないが、商売が絡むのだから仕方ない。死んだ気になってマイクを握る。

冷や汗だらけになって席に戻り、並木にマイクを渡し、

「さあ、真打ちの登場だ」

と持ち上げる。

女の子たちも並木が並木ビルの二代目と知っているから、力を入れてサービスをする。

「社長の番ですよ。しゃちょう、しゃちょう」

女の子たちの手拍子に合わせて、横田も社長、社長と声をかける。情けないが背に腹はかえられない。こうしたほうが親父に会わせてくれる可能性は高いだろう。その代わり相当に酔ったふりをしている。さもなければこんなことはできない。

もしかしたら並木も腹の中で、

(横田、ようやるな)

と舌を出しているかもしれない。別に並木のほうから横田を馬鹿にするような態度をとるわけではない。横田が勝手に卑屈になっているだけだ。それでも横田は、おれが東洋電工を辞めた後は、一度こいつを殴ってやろうと思っている。

「ドナルド人材開発研究所」は自分の値段を知るためだけに訪れたのに、本当に転職して一からやり直したい気持ちになってしまった。転職したら貧乏くじは思い切り放り投げ、何もかも一新できるのではないかという思いが、心の底で急速に育っている。こんな卑屈はもう沢山だ。

つれて逃げてよ　ついておいでよ

店の中央のステージに立って、並木が歌い始めた。それが玄人跣（はだし）で、驚くほどうまい。初めて聞いたときは舌を巻いた。しかし何度も聞くと、素人がそんなに歌がうまいのも興ざめなものだと思うようになる。美人は三日で飽き、ブスは三日で慣れるというのはカラオケにも当てはまると思った。

よく見ていると女の子たちもそう思っているらしい。手を叩きながらそっと欠伸（あくび）を嚙み殺しているものもいる。

「凄いな、いつ聞いても並木さんの歌は。プロが逃げていきますよ」

席に戻ってきた並木に横田が言った。もう何度か言った台詞（せりふ）だ。

「またまた、……横田君のほうが味があっていいよ」

したたかに酔って家に帰った。それでも時間はそう遅くはなかった。

恵美子より先に恭子が玄関に出てきた。どちらが先に横田を迎えに出るか、競争をしていたようなときもあったが、すぐに恵美子が降りた。嫁が降りてしまえば、姑（しゅうとめ）も一秒を争う元気はなくなる。

茶の間で恵美子と由美子がテレビを見ていた。恵美子はこちらを見たが、由美子はテレビに目を向けたまま、「お帰りなさい」と言った。そんなことではもう腹を立てないことにしていた。怒れば怒っただけ、我が家の居心地が悪くなることを横田はしっかりと学んでいた。

よろよろと二階に上がり、自分の部屋で服を着替えていると、恭子が上がってきた。

「お前、ずいぶんお酒飲んだのね」

「そうでもないさ」

「電話があったよ」

「…………」

「レオナルドとか言っていたけど、外国人の知り合いかい？」

「いや、日本人だ。何だって？」

「明日また連絡をくれって」

（なんだろう？）

横田は酔った頭で考えた。先日は求職データ票を書き込み、希望先は中堅企業の営業部長としておいた。それが見つかったのだろうか。

4

翌日の午前中、横田は得意先回りの途中で、「ドナルド人材開発研究所」に電話をかけた。

心の中で浮き立つものがあった。

「大隅(おおすみ)さん、いらっしゃいますか」

横田は先日の校長を指名した。すぐに電話に出た大隅はいきなり言った。

「いい話が舞いこんできたのですが、なるべく早くお見えになれませんか」

「どんな話ですか？」

「それはお会いしてからで、……とてもいい話ですよ」

大隅の声は笑いを含んで思わせぶりだった。

「午後一番にはいらっしゃいますか」

横田の口調は自然と丁寧なものになった。

「いつだっておりますよ。ここにいるのが仕事ですから」

横田は電話を切ってから、大急ぎで――区役所の都市計画部に行った。区が音頭をとって行なっている大規模再開発の進行具合をチェックするためだ。

「そんなこと机上のプランどおりにはいかんよ、分かるだろう。なんだったら君、現地に行って住民と交渉してきてくれるかい」

都市計画部の次長にこんな横柄な口を利(き)かれたが、いつもほど腹立たしくはなかった。拝むように念押ししてから、「ドナルド人材開発研究所」に向かった。いつものようにわずかに右足を引きずっているが、足取りは軽い。


パネルのドアを開けると、大隅がデスクの前から立ち上がった。

「お待ちしてましたよ、横田さん」

機嫌のよさそうな笑みを浮かべている。

「これですよ」

大隅は一枚のパンフレットをデスクの上に置いた。「ソフトランディング」という社名が読めた。手に取ると用紙の分厚い二つ折りの贅沢(ぜいたく)なものだった。

「太陽(たいよう)通信機器が外資と合併し、インテリジェントビル関係だけ独立させるんですよ。それで営業をできる人を探していまして……横田さんならぴったりだということなんです」

「太陽？」

東洋電工のライバルの一つだ。これまでも幾つかのプロジェクトで、抜いたり抜かれたりしたことがある。その名前を耳にするだけで心に緊張が走る。

「凄いでしょう」

　はあっ、と溜息のような声になった。

「営業部長ですよ。給料もこれまでより十五パーセントはふえる。ほぼ百万円の増収、大きいじゃないですか」

　そう言われたとき、あの銀行振込の口座が思い浮かんだ。転職がうまくいったら、今度こそ自分が管理しなくてはならない。

「増収も部長も有難いのですが……」

「何がご不満ですか」

「うちの当面の競争相手ですからね、会社の顔に泥を塗って辞めることになってしまう」

「それは辞めてから少し時間をおけばいいじゃないですか。ぴかぴかの新会社の営業部長。こんないい話はありませんよ」

「私のいままでの仕事と関係ない業種で、何かありませんか？」

「何を言ってるんですか」大隅は口調を変えた。「あなたのこれまでのキャリアを買うからこそ、あなたを求めてくれるんじゃないですか。これで自動車販売会社なんかだったら決して営業部長には迎えてくれませんよ」

　そうに違いないと横田は思った。だからといって、すぐに太陽通信機器の社員になる気にはなれなかった。

「これが嫌なら無理にお勧めしませんが、長年の経験からいって、こんないい話は滅多にありませんよ」大隅は客を引き付けながら、目の前で商品をしまいこむテキ屋の言い方をした。「それとも横田さんは、自分がよそでいまより高く売れると分かっただけで、もう満足ですか」

うーむ、と横田はうなった。

「しかし、太陽通信機器が実際に横田さんに年収八百万円を出して、営業部長に雇うかどうか保証のかぎりではないですよ」

大隅はちょっと冷ややかな口調になった。

「ちゃんと、先方に会ってみて、ご自分を値踏みしてもらわなくては……。向こうがあなたじゃ駄目だと言うかもしれない」

大隅はゆとりのある表情をしている。これまでにいろんなタイプの求職者に会い、どうやったらその気にさせられるか、自信を持っているのだろう。

「どうします？　先方と会ってみますか」

その夜は、まっすぐに家に帰った。どこかに飲みに寄ったりすると、太陽通信機器のことをどうすべきか、きちんと考えられない気がした。

「あら、早かったのね」

横田ではないと思って玄関に出てきたのだろう。恵美子はびっくりした顔をした。家で夕飯を食べることもなくはないが、たいてい遅い時間に独りで食べる。

「ご飯まだでしょう？　間に合わせのものしかないのよね」

二階で着替えて下に降りると、もう妻も母も娘も食卓に着いていた。間に合わせと言ったが、肉の焼いたのや、何やら具の多いスープに山盛りのサラダもある。

「ビールでも飲む」

「いや、いい」

あくまでも頭をクリアにしておいて、転職問題をじっくりと考えるつもりだ。

食べ始めると、横田はいつものように由美子の行儀の悪いのが気になり始めた。

「おい」とテーブルの上に突いた肘（ひじ）を手で払い、横田は恵美子に言った。

「母さんがしつけなきゃ駄目じゃない」

「ええ、言ってるんですけどね。ついね、ゆみこ……。どっちに似たんだか」

恵美子は由美子を覗（のぞ）きこんで笑った。

「母さんはいつだってやさしいもんね、ゆみこちゃん」

恭子が言った。視線はテーブルの上に向けられている。

「そんなことはありませんよ。あたしだってできるだけ注意しているつもりです」

「まあ、最近の母親はどこでも甘いっていうから仕方……」

「そんなことはありません。それならお義母さんが由美子に注意してくれたってよろしいんですよ」

二人のやり取りを聞いているうちに、横田の神経のどこかが疼いてきた。

「そんなこと言ったって、わたしはおばあちゃんなんですから、わたしの役目は昭次のときで終わっているんです。わたしは自分の役目はちゃんと果たしました。わたしがちゃんとしつけたから昭次は親孝行な子供になって、いい学校に入って、いい会社に入って……」

「お母さん、止めてよ」

横田の表情が険しくなっていたのに、恭子は気がつかなかった。

「いいじゃないの、東洋電工で立派に出世して……」

「止めてくれよ」思わず大きな声を出した。

「おれは東洋電工で出世なんかしていないんだよ。たいして力もない主任だ」

「だって、お前」

「いいんだ」横田は少し平静を取り戻した。

「別に落ちこぼれているわけでもないし、普通にやっている。でも出世コースじゃない。変なこと言わないでくれ」

恵美子も由美子も一言も発しない。

「だから」言うな、言うなと自分を戒める声を横田はどこかに聞いた。しかし言葉が出てしまった。「もう一度、可能性を確かめるために転職しようと思っている」

その場の空気が凍った。

生唾を飲みこんでから、横田は手にしていた茶碗を持ち上げ、勢いよくご飯をかきこんだ。

「転職って、本当なの？」

恵美子がやっと口を開いた。

「ああ」

「どこへ行くの」

「まだ分からん」

「分からんって、そんないい加減なの？」

「どこがいい加減だ」

「由美子もまだ小学生で、おばあちゃんもいらして、あなたがそんなふらふらしたら」

「ふらふらとは何だよ」

「だって、行き先が決まりもしないのに転職だなんて」

そうだよ、しょうじ、と恭子が言いかけると、おばあちゃん、少し黙っていてください
と恵美子が強い声で遮った。もう何年も前から二人の力関係が逆転しているのを、横田も

知っている。だから、

「なにが言いたいの？　母さん」

横田が母親に救いの手を伸ばしてやる。

「いいの、いいの。わたしは昭次が好きにしてくれていいのよ」

気弱げに言った恭子の顔に、横田が最も母親を愛していた三十年も前の表情を思い出してしまう。

「大丈夫だよ、母さん。何も無茶な選択をするわけじゃない。いまよりいい会社に入って、いまよりいい給料をもらうつもりだから」

そう言っても母は脅(おび)えた顔のままだ。代わって恵美子はますます元気になる。

「だってあなた、世の中、どこもかしこも不景気だっていっているのに、そんなことができるの？」

「それは、おれの心配することだろう」

「それはそうですけれど、あたしにだって権利はあるわ」

権利！　それはどういう意味だ？　という反問は飲み込んだ。恵美子が何と答えるか想像ができた。そう、たしかに妻には夫に経済的安定を求める権利があるのだろう。しかしおれが自分で心配すると言っている以上、おれに任せたらいいじゃないか。

横田は恵美子にそうは言えない。妻の権利を疑おうともしない恵美子からオーラのようなものが漂ってきて、喉まで出てきている言葉を封じ込めてしまう。

5

デスクで見積書を確認している横田の耳に、課長の甲高い声が響いた。

「本当？　会社更生法？　そんな気配なかったじゃないの」

横田はデスクから顔を上げ、課長のほうを見た。部屋にいた他の課員も手を止めて、課長に注目している。課長の電話は、この課の取り引き先が、会社更生法を申請したということを話しているに違いなかった。

横田の頭に並木ビルが思い浮かんだ。横田の関係でいま会社更生法といったら、並木ビルくらいしか思い当たらない。もしそれが並木ビルだったら、見切り時を告げる天の声かもしれない、と思った。今夜ソフトランディングの人と会うことになっているのだ。

「ちょっと、はっきり確かめてよ。可及的速やかにね」

そう言って課長は電話を切った。それから課内をひと渡り眺め回した。

「高橋ちゃん、アルファリサーチからなんだけど、鹿児島組がおかしいんだってさ。君もさっそく調べてよ」

鹿児島組は三年後輩の高橋が担当している建設会社だ。並木ビルではなかったのだ。横田は肩すかしを食わされた気分になった。

夕方、退社前に横田は洗面所に入り、頭髪にきちんと櫛(くし)を入れた。こんなことは滅多にない。

「どうしたの。デイトかい。駄目よ、あんないい奥さん泣かせたら」

一足遅れて入ってきた課長が軽口を叩いた。課長は一度か二度、社内運動会か何かで恵美子と会ったことがある。

大隅が指定したのは、都心のホテルの一室だった。なんだか後ろめたい気がしたが、横田はもう乗りかけた船から降りるつもりはなかった。

部屋のチャイム釦(ボタン)を押すと、すぐに中からドアが開けられた。大隅だった。

「いやあ、お待ちしていました」

大隅に肩を抱かれるようにして部屋の中に入ると、部屋の中央のソファから二人の男が立ち上がった。

「よくいらっしゃいました」

若いほうがはっきりした口調で言った。若いといっても横田より一回りは年長だろう。細身だが鋭い視線と身のこなしを持っている。

もう一人の六十前後に見える男は、軽く会釈をしただけだった。こちらは引退した相撲取りのような大柄だ。

「……常務と……人事部長です。こちら横田さん。東洋電工の辣腕です」

四人とも部屋の真中のソファに腰を降ろした。すぐにボーイがやってきて、テーブルの上に紅茶とケーキを並べた。

「不景気なのに東洋電工さんは、よう頑張っていますな」

常務が相撲取りによくあるかすれた声で言った。肥満と声帯は関係があるのだろうか？　横田は唐突な疑問を浮かべながら、

「そんなことはありません。うちも不景気で大変です」

と当たり障りなく応じた。

「横田さんが東洋電工の情報機器部門で、年季の入ったたいい営業幹部であることは、うちの者はみなよく知っています」人事部長が切りだした。「ですから、新会社設立に当たって、横田さんが営業課長の有力候補だと考えております」

営業課長だって？　横田は胸の中でつぶやいた。大隅は澄ました顔をしている。

「ただ、横田さんももちろんご存じだと思いますが、日本の企業では仕事の腕ばかりではなく、組織内のヒューマンリレーションというものが重要になってくる」

「ええ」

「そこで横田さんが、なぜ東洋さんを辞められるのか、そしてなぜうちにみえるつもりになったのか、その辺りを是非うかがいたいと思いまして……」

横田の胸の中はざらざらしてきた。大隅は自分のことを正確に相手に伝えていないばかりでなく、相手のことも自分に正確に伝えていないようだ。どうせ聞かれるだろうと思って、説得力のある話の順序を考えておいた。

「実は」と前置きして、横田は話し始めた。

東洋電工の情報機器分野で頑張って営業をやってきたが、会社ではこの分野は傍流で高い評価は得られないこと。

この腕が社外で通用するのか、どう評価されるのか、それが知りたくて「ドナルド人材開発研究所」を訪ねたこと。

発端はそうだったが、いまでは情報機器がメインの会社で思いきり働き、それに見合った評価を得てみたいと思っていること……。

「なるほど。お気持ちはよく分かりました」人事部長が言った。「横田さんはうちにとっては強力な敵ですが、東洋さんの中では必ずしも日が当たっていないんだ」

「ソフトランディングで、いままでどおり思いきり働いてくれれば、脚光を浴びますよ」

常務が笑みを浮かべて言った。横田は自分の立場をうまく彼らに伝えられ、ほっとしてこちらからの質問をした。

「大隅さんのほうから、肩書を部長、年収は八百万円とうかがっていたんですが、そういうことでよろしいですか？」

「部長か、局長か、課長か、とにかく実戦部隊長、営業の最前線で一番の責任者ということでお願いしようと思っています。年収もその数字でお考えいただいて結構ですよ」

営業の最前線という言葉が気になった。後ろに管理者が何人ついても、最前線の責任者という言葉なら嘘ではない。

「私はどういう役割を受け持つことになるのですか？」

そう聞いたとき、隣りに座っていた大隅が自分の足を軽く蹴ったような気がした。聞いてはいけないことなのだろうか、と思ったが人事部長が答えた。

「こちらの常務がソフトランディングの営業の最高責任者ですから、その次という立場で営業の面倒を見てもらいたいと思っています」

それなら肩書はどうあれ、部長職だと横田は納得した。


その日も早く家に帰った。先日のやり取りで恵美子との間がぎくしゃくしている。あれ以来そのことは話題にしていないが、早いこと「ソフトランディング」のことを知らせて、安心させたかった。そうしないと自分のほうが落ち着かない。

食卓に着いたとき、

「ビールを飲むかな」

とレンジの前に立っていた恵美子に言った。

恵美子は黙って冷蔵庫の中から缶ビールを一本取りだし、グラスと一緒に横田の前に置いて、レンジに向き直った。

自分で開けてグラスに注ぎながら、

「この間の話、うまく決まったよ」

とさりげなく言った。恭子だけが横田の顔を見た。

「年収八百万円、営業部長だ」

「なあに？」

と恵美子が振り返った。半信半疑の表情がある。

「この間の話、営業部長で年収八百万円でうまくいきそうだ」

「何ていう会社ですか？」

「太陽通信機器の関連会社だ」

太陽なら恵美子も聞いたことがあるだろう。

「営業部長さんかい、二階級特進だね。やっぱりお前は……」

とまで言いかけて恭子は言葉を飲んだ。親孝行な子だ、と言って息子に怒鳴られたことを思い出したのだろう。

「ほんとう？」と恵美子の声が柔らかくなった。「凄いじゃない。年収八百万円って、助かるわあ、由美子は城南中学に行かせたいと思っていたんだけど、……ゆみちゃん、城南に行けるよ」

「城南って、まだ私立に行かせられる身分かどうか」

「だって」

「新会社の営業部長なんだから、金もいろいろかかるだろうし、我が家の経済状態がそんなによくなるかどうかは分からんよ。由美子のことは別に相談しよう」

「だってこの辺の公立は凄い荒れてるって話だし、できたら城南に行かせたいと」

「分かったから、その話はまた後だ」

とにかく話は打ち切った。恵美子に話す横田の声に久しぶりに迫力があった。

6

「それで横田君、並木ビルのほうはどうなったの？」

課長が少し問い詰めるように言った。

担当者のそれぞれの案件が、どうなっているかを確認する会議だった。

「先日、お話ししましたように、先方でもまだペンディングということで、並木君には社長と、つまり彼の親父に会わせてくれるように依頼しているんですが……」

「まだそんなことをやってるの。それにしちゃあ、接待の伝票がよく出てるじゃないの」

日頃から課長の女みたいな喋り方に横田はイライラしていた。逆らう気になったのはもちろん転職のことがある。もう二、三週間のうちに東洋電工に辞表を出し、二月の冷却期間が経ったら、部長で年収八百万円だ、心の中に高揚するものがあった。

「よくって、課長。私だって二回に一回は自腹、切ってるんですよ」

「ということはあいつと毎週飲みに行っているってことか。それで雲をつかむような答えしか聞いてこないんだからね」

「いま、一番大事なところだと思うから私は必死で並木君に食らいついているんです。課長だって第一さんのときは三日に上げずに接触していたじゃないですか」

課長はむっとした顔をしたが、何も言わなかった。横田の態度に何か異変を感じたのだろう。

（ざまあ、見ろ）

横田は胸がすっとするのを感じた。

辞表を提出する前日、太陽通信機器のあの二人が、横田を銀座に誘ってくれた。

横田は喜んでそれに応じた。心はもうほとんど「ソフトランディング」の部長だった。

まず高そうな寿司屋から始まった。刺身を肴に酒を飲み始めた。

「横田君、どんな得意先を持っていますかね」

常務が勢いよく飲みながら、打ち解けた口調で言った。

「……ビル、……商事とか、……区、……不動産……。大きいところはそんなところですかね」

「そりゃあ、たいしたものだ。ソフトランディングの前途は洋々たるものだな」

横田は酒で少し気分がほぐれてきた。いや、その前に間近に迫っている転職が、すっかり彼の気分をほぐしていた。

「でも、東洋の客は持っていかないつもりなんですが……仁義に外れますから」

常務は、ちょっと口ごもったが、

「そりゃまあ、仁義は大事にせんとね」

と鷹揚（おうよう）に言った。

「その代わり、ばりばり新規を開拓しますよ」

「頼もしいな、人事部長」

常務は人事部長に同意を求めた。

常務と人事部長が横田にやんわりと探りを入れ、横田が張り切って自分の意気込みを聞かせる会話が続いた。おおむね横田のプレゼンテーションは成功していただろう。お互いの話し方もますます打ち解けたものになっていった。

三人ともかなり酔ってから、店を変えることになった。今度は七丁目のビルの上のほうのスナックに行った。ドアを開けると中から音楽と下手な歌が聞こえた。

(ああ、カラオケか)

横田は嫌な気がした。

こぼれそうな笑みを浮かべたママに案内された奥のボックスには、すでに歌詞帖が置いてあった。水割りを作りおえるとすぐ、

「社長、お願いね、××を聞かせて」

まだ二十歳(はたち)をあまり出ていない女の子が常務にそう甘えて見せた。

「まずは若者からだ。横田君、何か、やってくれよ」

「私、音痴でして」

「営業マンでカラオケができんということはないだろう」

常務の口調は酔いで乱れていた。

「営業のときは仕方ないからやるんですが、その他のときは酒がまずくなりますから、やらないことにしているんですよ」

「カラオケの歌いっぷりも君の面接試験の一つなんだよ」

強引な言い方に、横田は盛り上がった気分に水をかけられた気がした。すぐに返事ができなかった。

「それじゃあ、あたし、やろうかな」

女の子が横田を見兼ねたのかそう言ったが、常務が遮った。

「横田君、やりたまえ」

相撲取りのように脹らんだ常務の顔付きはさきほどまでと一変し、威圧的だった。

横田はせっぱ詰まった。並木のカラオケのときより息苦しい思いがした。

仕方なく曲を指定した。数少ないレパートリーだ。ステージに立つ前に濃い水割りを一気に飲んだ。

古い演歌を必死で歌ったが、常務たちが聞いていたのは最初の一節だけで、後は女の子やママと話している。ようやく歌い終え席に戻ったが、女の子と人事部長が手を叩いただけで、常務はママとの話に夢中になっている。

「さあ、常務、あれ、いきましょうよ」

人事部長が機嫌を取るように言うと、何も曲名を指定しないのに音楽が鳴り始めた。決まりのコースなのだろう。

常務はママの肩を抱いて前に出ていった。

心の底まで　しびれるような

二人でデュエットを始めたが、驚いたことに常務は並木に負けないほど歌がうまい。年のせいか、昔の歌手のように首など振って音程の正しい歌い方をする。

人事部長と女の子が手拍子をとり始めたが、横田は水割りを忙しく口に運びながら、それには付き合わなかった。

常務は戻ってきて皆の盛大な拍手を浴びた。

「何だ、横田君は、歌も下手な上に、拍手の仕方も知らんのか。それで営業がやれんのかね」

「営業のときはちゃんとしますから」

「うまくできるかどうか、ちょっと拍手してごらんよ」

「できますよ」

横田は苦笑いした。冗談か本気か分からなかった。

「いいから」

常務は強引だった。

まあまあ、とようやく人事部長が割って入り、常務は女の子と話し始めた。

常務がトイレに入ったとき、人事部長が横田の耳元で囁(ささや)いた。

「酒癖が悪くてね。あれじゃ、部下がついてくるはずがない。頼みますよ、横田君」

その時、横田ははっと気がついて、酔いがどこかに吹き飛ぶのを感じた。

「ソフトランディング」に何故(なぜ)、太陽通信機器生(は)え抜きの営業部長を据(す)えないのかと、かねてから疑問に思っていたのだ。きっと、皆この常務についていきたがらず、会社はやむを得ず、外部から採用しようと判断したのではないだろうか。

　ふと、横田の頭に、逆(さか)らってむっとさせた課長と、すっかり喜ばせてしまった恵美子の顔が浮かんだ。そして何よりも自分自身が心底その気になっていて、もう後戻りすることはできそうもない。

（おれはまた貧乏くじを引こうとしているのか！）

　いや、そんなことはあるまい、と自分の不安を打ち消そうとした横田の視線の先に、トイレから出てきた常務の姿が現われた。横田の顔を見るとすぐ大声で言った。

「さあ、横田君。次の歌をやりたまえ。今度はもう少し派手なやつを頼むぞ」

エリート失格

1

上田浩一(うえだこういち)はさっきから、碁盤の上に覆(おお)い被さるような姿勢で目算していた。白と黒の碁石が複雑に絡みあっているが、どう数えても自分のほうがかなり優勢だ。もう負けるはずがない。

長考をしていた席亭の渡辺(わたなべ)は、小さく溜息をついてから、血管の浮きでた手で黒い石をつまみ、盤の隅のほうにひっそりと置いた。

(来たな)

上田は思った。渡辺が長考している間に、その部分の手順は十分に読んである。微妙なところだが、渡辺のほうに勝算はない。それでも、二十秒ほど読み直して、艶(つや)やかな白石を置いた。その途端(とたん)、

「いやあ、知っていたか」

渡辺はアゲハマを盤上に置き、もう片方の手でわずかに毛の残っている後頭部をなでた。投了、負けましたという合図である。

「浩ちゃん、強くなったな。おれが教えたってのに、もう二子でも勝てないよ」

いつもは悔しがりやの渡辺が素直にいった。たしかにこの三カ月ほど、二子のハンディでは上田のほうがずっと優勢である。

「この分ならアマチュア本因坊戦に出てもいいところまで、いくんじゃないか」

そうだな、と隣りで二人の碁を見ていた八百屋の源さんが同調したが、上田はふふん、といったきり黙っている。いつも、冗談ばかりをいって、碁会所中に笑いを振りまいている上田にしては珍しいことだ。

子供の頃この近くに住んでいた上田は、渡辺に教わって囲碁を覚えた。

高校のとき、一家揃って引っ越し、二人の縁はなくなったが、結婚してから二度目の転居で、上田はここより三駅郊外寄りに住まいを構えた。

ある日、ふと懐かしくなり、この駅に降りて生家があった辺りを歩きまわると、何もかもすっかり変わっていた。もと風呂屋だった渡辺の家はアパートに化け、その一階の一角が碁会所になっていた。中を覗きこむと渡辺がいたので、びっくりした上田が声をかけたのだ。二年前のことになる。

「さあ、今日はもう閉めさせてもらうよ」

渡辺がいった。和室の六畳に六席、コンクリートの三和土のほうに椅子席四つの小さな碁会所には、もう三人しか残っていなかった。和室の柱時計は十時を回っている。

三人で冷酒四合だけね、と誓いあって碁会所近くの暖簾をくぐった。

カウンター席に座り、互いに盃の端をぶつけ乾杯の真似事をした後は、すぐにさっきの碁の話になった。

「あの、ノゾキにツガなかったのが敗因だな」

渡辺が今度は悔しそうにいった。

「おじさん、欲張りだからな。すぐ目先の利益を欲しがるんだもの」

「貧乏してっから、どうしても現ナマに弱いんだ」

渡辺は力ない声で笑った。猪口一杯でも酒が入るとすぐに締まりのない声になる。

「どこが貧乏なんですか、あんなアパート持ってて」

いや、了見がね、いつまで経っても貧乏なんだ、と渡辺は真面目な口調でいう。

「どう、浩ちゃん。次のアマチュア本因坊戦に申しこんでみたら」

八百屋の源さんがいった。こちらは酒には滅法強いが、碁はいつまで経っても上達しない。

「うーん」

と上田は気乗りのしない声を出した。

「なんだい、浩ちゃんの夢だったんだろう」

渡辺と再会した二年前、上田は渡辺といい勝負だった。それが、二年間で二ランクの差になった。長足の進歩だった。上田はそれだけ碁に打ちこんだのだ。

「いまの浩ちゃんなら、県のベスト8は間違いないよ。いや、ベスト4にだってなれるかもしれない」

「おれね」と上田が口を開いた。「今日で、碁をやめるんだ」

まさか、と二人が声を揃えるようにいった。

「いってたことと違うじゃない」

「高志が来春、中学なんだよ。また金がかかる。おれも遊んでいる場合じゃないんだ」

ぐい呑みに替えて勢いよく飲んでいるのに、上田の口調は少しも乱れない。

「天下の東西電器のエリートが、何いっているの」

源さんがいった。

「来春、中学って、公立いかせれば、そんな、金なんかかからないだろう」

渡辺がいった。

「おれんとこ、陽子が東洋学院だろう。高志も二年も前からすっかりその気なんだ」

「いくらそうだって、背に腹はかえられまい」

「……女房もその気でね。これが一番ガンコなんだ。いや、二年前だったらおれもそれでよかったんだ。ところがバブルが弾けてから、残業代がほとんどゼロになっちまった。月七、八万円の減収だからな。子供二人とも、私立なんかに行かせられる身分じゃないんだ」

どうしてこうなっちゃったかね、と上田は自嘲的にいった。

「それで、碁をやめて、どうすんだよ」

「どうするって、まず碁をやめるだけで席料の節約になる」

「たった一万円だぜ。東西電器のエリートのいう台詞じゃないな」

ここでは皆が上田をエリートと思っている。そういう扱いを受ける度に、上田は居心地悪い気分になる。東西電器は一流で、自分が卒業した私大もまあまあかもしれない。しかし、上田自身は、とうの昔に出世コースから滑り落ちている。もう敗者復活の道も残されていない。だから囲碁に打ちこんだのだ。

「席料の節約だけじゃない。余った時間を使って、何かアルバイトをやろうと思っているんだ」

へえっ、と源さんが呆れたようにいった。

「こんなに不景気なのに、アルバイトの口なんかあるのかね」

上田は答えずに、盃を口に運んだ。

「何をやるつもりだい？」

「いや、確かになかなか、なくてね……」上田は舌がもつれるような気がした。「家庭教師なら何とかなりそうなんだ」

かてい、きょうし？

渡辺の口調がその時だけはっきりした。

「さすがエリートは違うな。アルバイトが家庭教師か」

源さんが冷やかすようにいった。だからいうのが嫌だったんだと、上田は思った。おれはエリートなんかじゃないと怒鳴りたい気がした。

「家庭教師って、もう決まっているの？」

渡辺が聞いた。

「いや、そういうところに登録しただけですよ」

「何年生をやるつもりだい？」

「いちおう小学六年生と思っているけれど」

「それならおれんところの孫の面倒を見てくれないか」

2

「この、彼ら、は何を指している？」

上田が優しい口調でいった。

「何を、指しているって……」

篤が自信なげにいった。

「前の文章の中にあるでしょう」

　ええと、といったきり篤は黙りこんでしまった。渡辺の孫、篤の家庭教師は今日で三回目だが、篤の出来の悪さといったら驚くべきものだった。まるでコンクリートでできた畑に、水を撒いているような気がした。撒いても撒いても水はしみこんでいかない。上田自身も、上田の二人の子供もこんなことはなかった。上田は、時どきエイリアンでも見るように、篤の横顔を盗み見た。

　ドアがノックされ、母親のみゆきが入ってきた。両手に抱えた盆の上に、ティーカップと大きなケーキが載っている。

「いかがですか」

　愛想のいい声でいった。

「まだ、あれですけど、なかなか筋はいいんじゃないですか」

　みゆきは上田が夫の幼なじみだと知っている。といっても上田のほうが五歳年下で、二人が一緒に遊ぶことはほとんどなかった。

「そうですか」みゆきは顔を輝かした。

「篤、せっかく先生がこういってくださっているんですから、よく勉強するのよ」

　みゆきが出ていくとすぐ篤がいった。

「筋がいいなんて、先生、無理しちゃって」

「無理って、そんなことはないさ。君はこれまでほとんど勉強してこなかった。だからすぐには分かるようにならないさ。だけどこうやって毎日根気よく」

「ぼく、毎日根気よく勉強やろうなんて思ってないから」

篤はその青白い頬に、シニカルな笑いを浮かべた。

「そうはいっても、やらなきゃ仕方ないだろう。やらなきゃ自分が損をしてしまう」

「どうして?」

「せっかくいい学校に入れる能力がありながら、レベルの低い学校にいかなきゃならないじゃないか。そしたら辛いぜ」

「先生、〇〇大学なんだってね」

「……」

「ぼくがそんな大学に行ったら、お母さんは大喜びだろうけど、そんなところに行けっこない」

「精一杯やればいいんだ」

「さっきいったことと、違うじゃない」

篤にいわれて、上田は口ごもった。自分でも気づいていたことを、すかさず指摘された。こんなことにばかり頭がいい。

「そうじゃないさ」上田は態勢を立て直した。

「力一杯努力するというのは、何をやるにしても必要なことなんだ。もし成績が上がらなくても、努力する習慣が身につく」

篤はフォークでケーキを真っ二つにして、その半分を口に頬張った。

ぼこへ、はりたいふぉとが、はぁる。

口の中じゅうをケーキにして篤が何かいった。

「なあに？」

「ぼくね、やりたいことが、あるんだ」

「何だい？」

篤は真剣な表情になって上田を見た。どこか子猿を連想させるあどけなさがある。

「お母さんにいわない？」

「ああ」

篤は屈みこみ、デスクの一番下の引出しから、ノートの束を取りだした。

「見ていいよ」

上田はパラパラとノートを拡げた。

「おおっ」

と驚嘆の声が出た。ノートは隅から隅まで、上田も見たことのある人気漫画のヒーローや、数ページにわたるストーリー漫画で、ぎっしりと埋めつくされていた。

「これは？」

といって、篤を見ると、

「ぼくが描いたんだよ」

もう一度ノートを見た。漫画を読まなくなって何年にもなるが、かなり上手に見えた。

「凄いじゃないか」

「本当にそう思う？」

「誰だってそう思うんじゃないかな」

篤は椅子から立ち上がり、押し入れの襖を開けた。布団が重ねてある上の段に乗り、何かゴソゴソやっていたが、間もなく降りてきた。

「これ見ていいよ」

数冊の分厚い漫画本を差し出し、中のページを開いて見せた。読者の投稿欄であった。

「ここ、ここ」

篤は指差した。

複雑な構造を持つロボットが精緻に描かれていた。その脇に「今週の特選」とあり、下には埼玉県、渡辺篤10歳とあった。

「これ、篤君が描いたの？」

「そうだよ、こっちも、そうだよ」

篤は薄汚れた漫画本を次から次へと拡げた。

「凄いじゃないか。どれも特選だ」

「凄くないってさ、馬鹿のやることだって」

「誰がそんなこと」

といいかけて言葉を飲んだ。母親に決まっている。

「これ、みんな捨てられるところだったんだ。ぼくがゴミ捨て場で見つけて取り返して、あそこに隠していたんだ……。絶対に内緒だよ」

「いわないさ」

3

「上さん、コグマ電機から電話があったよ」

出先から帰ってきたばかりの上田に、支店次長の倉田(くらた)がいった。コグマ電機は上田の担当している上得意だ。

何だろう、と思いながら、上田は自分のデスクの前に座り、伝票の整理を始めた。月末に差しかかり、目標数字を達成するために、この一週間、営業活動に拍車がかかっている。

「上さん、こっちから、電話をしてよ。あの店長うるさいんだから」

倉田が大きな声をだし、上田の隣りの女の子が首をすくませた。入社は上田より一年後輩なのに、お互いに幾つかの営業所を転々として、浦和の営業所で一緒になったら、倉田のほうが上司になっていた。

上田は渋々電話に手を伸ばした。

「東西電器の上田ですが、ご連絡をいただいたそうで」

「ああ、すみませんがね、うちに寄ってもらいたいんだけど」

「今日ですか」

「ええ」

上田は腕時計を見た。もう四時を過ぎている。

「何でしょうか」

「ちょっと、電話じゃ、なんなんでね」

店長が言葉を濁した。

「分かりました。すぐに行きます」

上田は急いで伝票を作り、隣りの女の子に渡し、倉田に、

「コグマ電機に行ってきます」

といって支店を飛びだした。小走りになっていた。そういえば、さっき帰社してきたときも、小走りだった。

いつも労を惜しむことなく働いてきた。しかし同期の大半は一級職になっているのに、上田はまだ二級職だった。その分かれ道を、落ちこぼれのほうへ踏みだした日のことを上田は、いまでもくっきりと思い出すことができる。

七年前、大阪支店にいたときだった。関西営業本部長が、本部のフロアから営業店のほうに降りてきて、営業部の誰彼に話しかけていた。将来、取締役は間違いないと目されていた支店長も、自分のデスクにいて、その様子を眺めていた。本部長が上田の隣りに来ていった。

「君、今月の目標数字のほうはどうかね」

「ええ、まあ、なんとかやれると」

「そりゃあ、優秀だ」

「月末に注文を強引にとりますから」

「そんなことできるのかい？」

「翌日、即返品ってこともありますがね」

上田は気楽にいった。冗談のつもりだった。本部長は笑っていたが、支店長の顔色が変わったのに、その時は気がつかなかった。

後で、先輩にこういわれた。

「馬鹿だな、上田。お前、もうおしまいだよ」

まさか、と答えたが、その一年後、同期で一級職になった七割の中に、上田は入れなかった。

「毎度、ありがとうございます」

店の中に大きな声を投げいれながら、上田はコグマ電機の店内に入っていった。すれ違う店員ごとに頭を下げ、店主のいる二階に上がった。

「すみませんね」

店主は口先だけそういうと、上田を奥の応接室に案内した。応接室といっても、売場の一角をパネルで仕切っただけのものだ。後ろの壁面一杯に、いつも段ボールが堆く積まれている。

いいにくそうにしていた店主が、口を開いた。二重あごの間に大粒の汗をかいている。

「実は、この間いっていたF802だけど、ちょっと十本も取れないことになって……」

F802はいま東西電器が、力を入れて売っているステレオである。

「…………」

上田は驚いてすぐ言葉が出なかった。先月末にほとんど取ってくれなかったから、来月こそはと固い約束をしていたのだ。

「しかし」

辛うじてそういった。

「申し訳ないと思っているんだが、とにかく高級ステレオがちっとも動かないからな。うちも弱っているんだ」

「何本ならお取りいただけますか？」

「そうねえ、二本、いや三本、もらっておこうか」

「そりゃ、ないですよ、店長。三本って、そりゃあ、ないですよ。私は、首くらなきゃならない」


上田は急いで渡辺の家に向かっていた。

家庭教師は火曜日と金曜日、二時間を週二回で七万円という契約である。開始時間の七時を三十分回っているが、電話を入れてある。

コグマ電機の店長には土下座をして、Ｆ８０２を五本まで取ってもらうことにした。減った分をよそで売らなくては、ノルマを達成できない。

角を曲がったところで、みゆきと出会った。

「遅くなって、すみません」

「いいえ、先生に来てもらってから、篤がすっかり元気になって……、主人ともさすが○○大だって、いつもいっているんですよ」

それは○○大のせいではなく、ぼくが彼の描いた漫画を見てやるせいなんですよ、と上田はもちろんいわない。

「主人も、浩ちゃんは、あらご免なさい、子供の頃から勉強できたからな、あいつに任せておけば安心だなんて……。よろしくお願いします」

みゆきは深々と頭を下げた。

「もともと、篤君はいい子じゃないですか。ぼくのせいなんかじゃないですよ」

「いい子っていわれても、全然、勉強もしないで、クラスの三十番くらいで、いい子でもね」

上田が篤の部屋に入ってドアを閉めると、篤はすぐに押し入れを開け、中からノートを取りだしてくる。ノートにはその都度、新しいストーリー漫画が描かれている。長いのは数ページにわたっている。

学校の勉強はできないのに、どうしてこれだけ面白いストーリーを考えられるのか、と不思議に思うほどのできばえのことが多い。いつもまずそれを見せられ、あれこれ感想をいってから勉強を始める。

算数と国語をやることにしているのだが、両方ともとても小学六年生の力はない。それでも、上田は一生懸命決められた時間を、篤の学力を高めるために使う。

「問題をもういっぺん読んでごらんよ」

篤は教科書に目を近付けて問題を読み始める。漫画を上田に見せていたときと、がらりと違う憂鬱そうな顔つきになっている。

「ここまでの距離の間に電信柱は何本あるの？　だから、一本足して割ればいいんだ」

篤はノロノロと上田のいったとおりに問題を解こうとするが、またそこで途方に暮れている。


勉強を終えてから、上田は渡辺の家で夕食をご馳走になることにした。途中でお茶を運んできたみゆきにそう誘われていた。

居間と思しき座敷に膳がしつらえられ、幼なじみのこの家の主、昭夫がもう酒を飲んでいた。その傍らにみゆきもいる。

「いや、浩ちゃん、ご苦労さまです。一度ちゃんとご挨拶しないといと思っていたのよ」

「いえいえ、ぼくのほうこそ、雇っていただきまして」

「何いってるのよ……。でも東西電器もけっこう大変なんだね。○○大出た浩ちゃんがアルバイトするようになるなんて、想像もしなかったもの」

気にしないつもりでいたのに、上田は胸の奥でちくりとするものを感じた。

「うちなんかさ、ちっぽけな会社で、おれは名前だけ専務かなんかで、こんなエリートと酒飲むことなんてほとんどないよ」

「エリートなんかじゃありませんよ」

「何いってるの。○○大出て、東西電器で、エリートじゃないわけないでしょう。おれなんて浩ちゃんより五年も上だったからいいけど、同じ学年なら焼きもち焼くところだったよ」

「まさか」

上田は返事のしようがなく、みゆきに注がれるままに酒を飲んでいた。

「おれんところもバブルが弾けた影響もろに受けてさ、火の車なんだけど、あのアパートがあるんで助かっているよ」

「ぼくのほうこそ焼きもち焼きますよ」

「でもね、あれ、もう少し経つと建てかえなきゃいけないし、金かかるんだ。篤にはアパートなんか当てにされたらロクな者にならないから、ここはしっかり浩ちゃんに勉強見てもらって、できるだけまともな学校に行ってもらおうかと……。ああ、浩ちゃん、負担に感じなくていいんだよ。カエルの子はカエルってよく分かっているんだから」

ついていないことに、上田は週に一度の朝礼のあるその日、十分ほどの遅刻をしてしまった。滅多にないことだった。

ドアをそっと開け、目立たないようにフロアに立っている人の中に、紛れこんだつもりだったが、支店長が目敏く見つけて声をかけた。

「おはよう、上田君。いまな、城南電産のことを話していたんだ。少なくとももううちの店からは、退職勧告なんかを受けるような者が出ないよう頑張ってくれ、といったばかりなんだが、遅刻してその言葉も聞けないようでは、君、危ないよ」

冗談めかした口調に皆がどっと笑った。上田は内心の屈辱感を隠し、照れたような笑いを浮かべた。

その朝の新聞が、東西電器のライバル、城南電産のびっくりするような人事を伝えていたのを上田も読んでいた。数十人の五十歳すぎの社員たちが、首切り同然の退職勧告を受けたのだ。

(ひでえことするな)

思わずその新聞を、妻の幸子の目に触れさせないよう、仕事用の鞄の中にねじこんだ。

幸子はいまだに上田が、第一選抜の出世コースから外れたことは知らないのだ。いや、知っていて気がつかない振りをしているのかもしれない。時どきそう思うこともあった。その記事が遠い将来の自分の運命に関わりがあるかもしれないと、その時ちらっと思った。しかしわずか一時間後に、こんな災難となって降ってくるとは思わなかった。

昼休みに、支店の近くの定食屋で、足立と隣り合って昼飯を食べた。

「上田さん、ひどい目に遭いましたね」

「飛んで火に入る夏の虫だよ。支店長、誰かを怒ってぴりっとさせたかったんだろう。そこにおれが遅刻していっちゃった」

「なんか、悟っちゃっているな」

足立は呆れたようにいった。足立は上田の三年後輩で、こいつも第一選抜を外れている。

「君、あっちのほうどう？」

上田が聞いた。サラリーマンでも家庭教師のアルバイトができるという情報は、足立からもたらされた。

「へっ、へえ」平べったい顔が笑って、目も鼻も輪郭がなくなった。「実は、もう一軒、紹介してもらいました」

「なあにっ、そんなにできるかよ」

辺りをはばからない大声になった。

「できますよ。……一人は月木、一人は火金、最後の一人は土日ですから」

「呆れたっ。お前タフだな」

「そんなことといわないで、上田さんももう一人やりませんか。ぼくなんか手取りでいえば、給料とそう変わらなくなりました。ウチのもほくほくですよ」

「二十万円、超えるのか」

「上田さんも、次の分、登録しておきましょうか」

「そんなにやれるものか、仕事ができなくなっちまう」

「上田さんは、まだ会社を愛しているから偉いですよ」

「そんなんじゃないさ、そんなんじゃないけど、それだったら会社辞めて自分で塾でもしなきゃ、すっきりしないだろう」

「それが会社を愛しているってことですよ」

「まさか」

上田はそういいながら、足立の言葉が当たっているかどうか自分の心の中を探った。すぐにはどちらとも判断できなかった。

「ねえ、あたしも家庭教師やってみようかしら」

幸子が軽い調子でいった。十七年前キャンパスで、上田やそのライバル達を引きつけた大きな目がいたずらっぽく輝いている。

「………」

上田は、足立のことを話すんじゃなかったと後悔した。

「足立さんに頼めば、紹介所に登録してもらえるんでしょう」

「高志は受験生だぜ」

「勉強のほうはあの子、大丈夫よ」

「大丈夫って、受験生の母親が、よその子の家庭教師をするなんて聞いたことないぜ」

上田の語調が強くなったが、そんなことで幸子は怯まない。

「でもね、高志が東洋学院に行くようになると、けっこう大変なのよね」

「………」

「大丈夫よ、高志は。あたし保証するわ」

「高志、市立中学じゃ駄目なのか」

「いまさらそんなことをいったら、可哀想よ。陽子があんなに嬉しそうに行っているんだし、高志だってずっとその気だったんですから」

幸子がそういうのは分かりきったことだった。そんなのどこが可哀想なんだ、というだけの気力はない。上田も幸子の半分くらいは可哀想だという気がしている。

「ねえ、いいでしょう」

「君が家庭教師をやるなら、ぼくの小遣いをふやすよ」

　思わずそんな言葉が出た。自分でも思ってもいなかった。

「それじゃ、何にもならないじゃない」

「とにかくどっちかだ。ぼくの収入の範囲で高志の中学を考えるか、ぼくの小遣いをふやすかだ」

「何よ、そんなの変じゃない」

　幸子は向きになっていった。亭主の収入では間にあわない私学に、子供を二人とも行かせようとするほうが変じゃないかとは、上田はいわない。

　その時、階段をかけ降りてくる音がして、高志が居間に顔をだした。上田を華奢にしたような目鼻立ちをしている。その手にノートを持っていた。

「お母さんちょっと」

「なあに？」

「ちょっと来て」

「いま、お父さんとお話ししているんだから、ここでいってごらんなさいよ」

　高志は幸子の前にノートを拡げて、

「ここが分からないんだけど」

　と恥ずかしそうにいった。

幸子はしばらくノートを睨みつけてから、

「未知数は何よ」

といった。高志はノートを見た。眉間にしわが寄り、それから、それが緩み、

「なんだ、そうか、馬鹿みたい」

といった。分からなかった自分をけなし、自信を取り戻したようだ。その表情を見て、上田は昔自分もそんな風だった気がした。何を質問していたのか分からないが、篤の三倍のスピードで高志の頭が回転しているように見えた。

高志が居間を出ていくと、

「ねえ、いいでしょう。お金のことだけじゃなくて、やってみたいのよ。知っているでしょう、あたし教職持っているんだから」

また上田は黙った。そこまでいうなら好きにすればいいと思った。どうせ好きにするに違いないと思った。そのせいで高志が東洋学院を落ちれば、それはそれで自分の願いどおりになったといえるのかもしれない。

5

玄関のチャイムを押すときから、家の中の雰囲気がおかしいことに気づいていた。みゆ

きではなく、渡辺が玄関に出てきた。

「浩ちゃん、困ったことになった」

渡辺はそれほど困っている風でもない口調でいった。

「どうしたんですか」

「篤が家出をしたんだ」

「ホントですか？」

声に苦笑いが混じった。とうてい本気にはできなかった。

「いつからですか」

「朝、家を出たきり、全然、帰ってこない」

「まだ、七時ですよ。どこか友達の家でしょう」

「そうだといいがな」

とにかく上がってくれと、上田は家の中に通された。居間の膳の前で、二人は向き合って座った。

「奥さんは？」

「あちこち探し歩いている。昭夫はまだ帰らん」

「友達の家で遊んでいるんでしょう」

「それがね、篤が家出するような出来事があったんだ」

「何ですか」

「浩ちゃんも知っていたんだろう。篤がたくさんの漫画本を、押し入れの天井の上に隠しておいたんだよ。それを嫁さんが見つけて、怒って全部、捨てたんだ」

「ありゃあ」上田は気の抜けたような声を上げた。「それは篤君も怒るわ」

「そうなんだよ。おれも止めろといったんだがね。嫁さんは、前に固く約束したとか何とかで」

昨夜から篤は泣きづめに泣いて、今朝も学校なんかに行かないと柱にしがみついたのを、ようやくなだめて行かせたのだという。それなら家出かもしれないと、上田も思い始めた。

渡辺は台所に行って、酒瓶とグラスを持ってきた。

「いいの？　こんなときに」

「留守部隊なんだから、ただ心配してたって始まらんだろう」

渡辺は二つのグラスに酒をなみなみと注ぎ、片方を上田に手渡した。こんなときなのに、グラスの縁を合わせ乾杯みたいな仕草をした。これは一体何なのだろうと、上田は不思議な気分に捉われた。

「あの漫画、篤君は大事にしてましたよ」

少し飲んでから上田はいった。

渡辺は黙々と飲んでいる。

「おじさんの日本棋院の六段の免状より大事だったろうな」

浩ちゃん、と渡辺は酔いにもつれた舌でいった。

「篤の漫画、誉めたんだってな」

「だって、凄いんだ。あれだったら県代表クラスだよ」

「そんなにうまいのか……。ウチの嫁さんも、誉めてやりゃあ、いいんだ。おれはもう十年、碁会所やってきて、しみじみ分かった。誉めなきゃ人は強くならないね。おれが誉めないのに、強くなった人は浩ちゃんくらいだ。あそこでナンバーワンの浩ちゃん、誉めるの悔しいものな。さすがエリートは違うと思っていたよ」

「おじさん、いい加減にそれ止めてよ。おれエリートなんかじゃないもの」

「そういうとこがお前さんのいいところだ」

おれはとうの昔にエリートコースを滑り落ちたんだ。そういう台詞が上田の喉にひっかかっていた。ふーっと深呼吸してから、上田はそれを吐き出すつもりだった。

その時、玄関のほうでチャイムのなる音が聞こえた。

昭夫とみゆきが連れだって帰ってきた。途中で出会ったのだという。

みゆきは二人が酒を飲んでいるのに気がつき、鼻白んだ顔になったが、そのことには触れず、

「あの子、どこを探してもいないんです」

と大げさにいった。

上田がそっと腕時計を盗み見ると、七時半を過ぎている。これは本物かな、と思った。

「おじいちゃん、警察に届けたほうがいいんじゃないかしら」

みゆきの声が普段より半オクターブ高い。

「馬鹿なことをいいなさんな。そのうち出てくるさ」

「そのうちって、いつですか」

「まあ、今日のうちには……」

「そんなっ、真夜中じゃないですか。ねえ、あなた、警察に届けてください」

みゆきはまだスーツを着たままの昭夫にいった。昭夫は上田のほうを見て、

「浩ちゃん、どう思う」

と聞いた。

「渡辺さんから伺ったのですが、篤君の漫画を捨てちゃったとか、……それだったら腹を立てて、家出の振りをするってことは考えられますから、もう少し様子を見たほうがいいんじゃないですか。警察に届けたら大げさになりすぎる」

「上田さんが、あんな漫画を誉めたりするから」

とみゆきがいいかけると、みゆき、と昭夫が強い語調でいった。

それはあたしが悪いことも分かっています、だけど、とみゆきはヒステリックになった。昭夫はそれに取りあわず、

「それじゃあ、父さんのいうとおり、今日いっぱい待つか」

「あなた」

「いいから」

昭夫の表情にはゆとりがあった。上田は昔この辺で昭夫ががき大将の一人だったことを、まざまざと思い出した。

「十二時になったらおれが警察に届けに行く。それから近所の人にも頼んで篤を探そう」

6

篤君が帰るまで私もいますよ、と申し出たが、昭夫とみゆきが口を揃えて遠慮したので、上田は渡辺家を辞することにした。何か水入らずの話でもあるのかもしれないと思った。

駅前商店街のアーケードを通り抜け、角の大きなパチンコ屋を行きすぎると、駅の階段の下に出る。このパチンコ屋は、上田の子供のときには果物屋だった。

階段を上がりかけたとき、誰かが自分を見ているような気がして振り返った。視線を左

右に振ったが誰もいない。

階段を上りきったところで、また同じ感覚に捉えられた。はっと頭に閃くものがあった。まっすぐに改札に向かって歩きながら、突然振り返った。上田の動作に呼応して、人影が階段の向こうに隠れるのが見えた。

「篤君」

そう呼びかけて、上田は走りだした。

階段の中ほどに篤がいた。こちらを見上げて、半分泣きそうな顔に見えた。

パチンコ屋の隣りの喫茶店に篤を連れていった。

「何がいい」

篤はうつむいて黙っている。この角度から見ると、さっきヒステリックな声を出したときのみゆきによく似ている。

「じゃあ、ぼくが勝手に頼むよ」

上田は自分にコーヒー、篤にコーラを頼んだ。それが出てきてから口を開いた。

「お母さん、君の漫画本、捨てちゃったんだって、怒るわけだよな」

計算したわけではなかったが、そんな言葉が最初に出た。篤は黙っている。

「コーラ飲めよ」

といって、自分もコーヒーを口に含んだ。

「ぼくの後、つけてどうするつもりだったんだ」

上田は篤の頭の上に手を置いた。

「ぼくが君んちまで送っていってやるよ」

ぼく、ウチに帰りたくない。

篤が初めて口を開いた。

「帰らないって、どうするんだ？」

先生んちで、しばらく泊めてくれない。

「ウチにしばらく泊まって、それから、どうするんだい」

もう質問調ではなかった。篤に答えられるはずがない。篤は唇を尖らせた。

上田はさっきのヒステリックなみゆきの顔を思い出した。

「分かった。それじゃぼくと来るか」

上田は腕時計を見た。八時を少し過ぎたばかりだ。昭夫のいっていた十二時までにまだかなりの時間がある。

「お腹、減っていないのか」

減った、と小さな声でいった。

「ぼくも食べていないから、何か食べるか」

上田は篤を連れ、駅舎を通り抜けて、渡辺の家があるのと反対側の商店街にでた。そうしないと落ち着かなかった。

「何が食べたい？」

何でもいいよ。

「遠慮するな」

といいながら、上田は自分の財布に一万二、三千円しかないことを思い出した。これで後十日ほど過ごさなくてはならない。大盤振るまいをするわけにはいかない。

「回る寿司なんか食ったことあるか」

あるよ、でも、それがいい。

寿司の皿には百二十円と二百四十円の二種類あったが、篤はかたくなに百二十円のほうしか手にしない。

「これうまいぜ」

と上田は二百四十円の皿を二つほど篤に取ってやった。

寿司屋を出てから、その商店街をだらだらと駅から遠ざかるように歩いた。

先生んち行かないの？

「もう少し散歩してからだ」

しばらく行くとゲームセンターがあった。中から派手な電子音が飛びだしてくる。

「ここに入ったことあるか」

ないよ。

「やってみるか」

いいの？

篤は不安とも喜びともつかぬ顔をした。

中に入ると、篤はまっすぐにあるゲーム機の前に向かった。

モニターのブラウン管の中で、劇画の主人公のような男が二人飛びはねていた。

「何だい、それは？」

ストリートファイターⅡだよ。

やりたいのか、と聞くまでもない。上田は百円玉をスリットに入れてやった。凄まじい勢いで善玉と悪玉が戦いを始めた。どうやらその片方を篤が操作しているらしい。レバーを引いたり、ボタンを押す度に善玉らしいほうがパンチを繰りだしたり、蹴りを入れたりする。しかし、たちまち負けてしまい、ゲームオーバーの文字が浮きでてきた。

上田はすかさず次の百円を入れた。

篤は目を輝かし息を弾ませ、レバーを操作しボタンを押している。

先生もやる？

五ゲームほど終えた篤に聞かれ、上田は、

「よおし」

と答えた。後ろで見ているうちに、少しはやり方が分かった気がした。
やり始めて、それはやっぱりその気がしただけだと思い知らされた。レバーを引いても
ボタンを押しても画面のファイターは思うとおりに動かない。
篤の操作のほうが数段巧みだ。算数も国語も自分の小指の先くらいの能力しかない篤
に、こんなものはまるでかなわないと、不思議な気がした。
たちまち二千円分のコインが、ゲーム機に吸いこまれていった。さっきの寿司屋でも二
千円強を使った。もう財布の中には八千円しかない。
しかし二千円のゲームなんて、あっという間だ。その間、篤は一度ももっとやりたいと
はいわなかった。上田が次々と百円玉をスリットに入れただけなのだ。
「よおし、今度はぼくが勝つぞ」
ポケットにあと三枚の百円玉がある。これだけは使ってしまえ。
とうとう上田は一度も勝てなかった。
ゲームセンターを出て、今度は隣りのマクドナルドに入った。
篤にはマックシェイクを、上田自身にはコーヒーを頼んだ。
時計はもう十時になろうとしていた。
「さあ、十時を過ぎたぞ」
篤は大きく見開いた目を、二度三度とまばたきした。

「帰るか」

篤は顔をうつむけた。

「お母さん、自分が悪かったといってたよ」

篤は固い表情を崩さない。

「おじいちゃんもお父さんも、君の味方さ」

篤は唇をかすかに震わせた。

「ぼくが君の漫画本を見つけだしてやるといったら、帰るかい」

篤ははっと顔を上げた。

だって、もうチリ紙交換が持って行っちゃった。

「だから、それを見つけだすと約束したら帰るかい」

ええっ、ああ。篤は半信半疑で頷いた。

上田はレジの傍らの公衆電話から、渡辺の家に電話した。

「はい」

とみゆきが出た。ちょっとためらったが、

「篤君、どうしましたか」

と聞いた。

「それがまだ帰ってこないんですよ」

「きっと帰ってきますよ」

といってから、おじさんお願いしますといった。すぐに渡辺に替わった。

「渡辺さん、いまから内緒話しますから、大きな声を出さないでくださいね」

なんだね、と小声になった。

「篤君、見つけましたよ」

「そうか」

と驚いた様子ではない。

「おじさん、二人には内緒でそっと、角の公園のところまで来てくれませんか」

上田と篤はブランコに並んで腰を降ろした。ブランコを漕ぐともなく揺らしていると、なんだか懐かしい気分になる。

「ぼくね、子供の頃よくこの公園で遊んだんだ。篤君のお父さんもそうだった」

篤のほうは板の上に立ち、足を使って大きくブランコを揺らし始めた。

揺れはどんどん大きくなり、ギイギイと耳ざわりな音を立て、ブランコの鎖が伸びる限度いっぱいにまで揺れた。

それは篤の心の揺れのように上田には見えた。少々危険に思えたが止めなかった。

「篤」

といいながら渡辺がやってきた。

渡辺の姿を見ても、篤はブランコを漕ぐのを止めようとはしなかった。

「篤、こんなところで遊んでいたのか」

渡辺はそういった。とぼけているのではなく、本当にそう思っているように聞こえた。

「おじさんも乗りますか」

「ああ。ブランコなんか何年ぶりかね」

渡辺は一つだけ空いていたブランコに腰を降ろした。

渡辺は地面に足を着けたまま、かすかにブランコを揺らした。

「おじさん、篤君の漫画、見たことありますか」

「ああ、あるよ。こないだまでよく描いておった」

「うまいでしょう」

「そうだな、うまい」

と渡辺はブランコの揺れる速度に合わせていった。

「篤君、漫画家になりたいんだって」

「ふうん、そうか、篤。そりゃいいかもしれない」

篤のブランコの勢いが少し緩んだが、何もいわなかった。

「なあ、篤君。おじいさんも、おれも、なれるものなら碁を打つ人になりたかったんだ。

でもそう思うのが遅すぎた」

「そうね、確かに遅すぎた……。しかし早くからそう思ってもなれたとは限るまい。……きっとなれなかった」

けっこうシビアだな、と上田は思った。ここは篤をいい気持ちにして、とにかくすっきり家に帰そうと思っているのだ。

「おれはともかく、浩ちゃんは、碁打ちにならなくてよかったんじゃないか。○○大学で、東西電器のエリートなら」

「ねえ、おじさん。前からいっているけど、おれはエリートなんかじゃないんだ。いや、謙遜じゃない。どういうわけか何年か前に上司に嫌われて、出世コースから外された。それっきり落ちこぼれさ」

渡辺はいままでのように、またまた、とはいわなかった。上田の言葉に謙遜ではないものを感じたのだろう。少し経って渡辺がいった。

「碁打ちのほうがよかったかい？」

上田はちょっと、言葉につまってから、いった。

「どうせなれなかったと思うよ」

「さあ、どうかな。神のみぞ知るだ」

渡辺は上田を慰めるように笑った。

その時、公園の入口近くの立木の陰から、二つの人影が現われた。

「篤」

みゆきの声だった。昭夫もいた。

「浩ちゃんだったのか」

と昭夫がいい、上田が答えた。

「分かってたの」

「電話が終わってすぐに、親父、碁会所に行ってくるなんていうから。臨時休みにしたのに変だと思うじゃない」

篤はまだブランコを漕ぎつづけている。勢いはすっかり弱くなっていた。昭夫がブランコの囲いの鉄パイプに腰を降ろした。

「いまのぼくの話、聞いていた？」

上田がいった。

「少し聞こえた」

「そう。ぼくは一度昭夫ちゃんにも、いっておきたかったんだ」

「どうしてだよ。浩ちゃんがいまどうだって、おれたちのいっていることに変わりはない。浩ちゃんはエリートさ」

「いい学校とかいい会社とかいっても、どうってことないさ」

「それはいい会社入ったからそういえるんでさ、おれの会社だったら、そんな寝言いう人誰もいないよ」

そうに違いないと思って上田は黙った。自分が何をいいたいか、よく分かっていなかった。まさか篤に漫画家への道を進ませてやれというつもりはない。

どの道へ進んでもきっと篤の人生は、けっこう厳しいものになるだろう。しかし何を選んでも、家出ごっこの途中で回る寿司を食い、ゲームセンターで遊べた程度の思いがけない楽しみはあるものだ。

篤よ、強く生きろ。

上田の視線の先で、篤はブランコから降り、泣きながら母親のほうへ駆け寄った。

篤のささやかな冒険はこうして終わった。

幸子は週に二回、小学六年生の家庭教師をやり始めた。教員免許を持っているということはセールスポイントになるらしい。たちまち相手先が見つかった。

「やることにしたからね」

幸子がいったとき、上田は少し不機嫌な顔で「ふうん」といっただけだ。

篤の家庭教師も、もとと同じように続いている。みゆきが捨ててしまった漫画本は、上田が知人の伝(つて)を辿(たど)って出版社に問い合わせ、在庫の中から大半を取り戻した。それを見ると篤は、目を丸め信じられないという表情をした。

あの事件以来、上田の胸の中に一つの思いが宿っている。自分もいつかささやかな冒険に踏み切ってみたいという衝動だ。

いつ、踏み切れるのか、結局、踏み切らないで終わるのか、自分でもよく分からない。

横領やむなし

1

支店長の吉岡からそれを聞いたとき、

「まさか」

私は鼻先でせせら笑ったような声を出した。ちょっとやり過ぎだった。

「寺下君が伝票をすっかり点検しているんだ。どれもこれも赤木の文字だ」

吉岡が怒ったように言ったので、少し怯んだ。いつもは威圧的な赤ら顔が黒ずんで見える。

「そうだよ。支店長の言われるとおりだ」

得意先課長の寺下が物々しい口調で言った。その口調が寺下の軽薄さを際立たせるのを、本人は気づいていない。

支店長室の応接用の柔らかなソファの上で、私は座り直して言った。

「赤木君は認めたのですか」

「どこにいるか分からんのだ。家に連絡しても、奥さんは今日もちゃんと出勤していると思いこんでいる。だから奥さんにはまだ何も言っていない。支店でも知っているのは、支店長と次長と私と君だけだ、杉野（すぎの）君」

どうして私が？　と問いかける前に、

「君、赤木の居場所を知らないかな」

と、吉岡が言った。

「知りません」

「女がいるとか、変てこな飲み友達とか……、どこかに潜伏している所があるんじゃないか。君、赤木と仲が良かったろう」

「そんなこと」

私は一瞬、言葉を失い、ただ何度も首を横に振った。

「赤木といつも飲んでいたじゃないか。行きつけくらい分かるだろう」

寺下が問い詰める口調になった。たしかに私は何度か赤木と飲んでいる。あいつの行く店を知らないわけではないが、いつも、と思われるのは不本意だった。それは巧（たく）みに避けているつもりだった。

「いつもなんかじゃありません」

「とにかく、君。今日はもうここの仕事はいいから、大至急、赤木の行方（ゆくえ）を探してくれたまえ」

「仕事、いいのですか」

「三千万円だぞ、三千万円。君の年収の四年分だ。重要な仕事の優先順位もつけられんのか」

吉岡の言葉にむかっとしたが、もちろん反論なぞできはしない。

2

私はソファの背凭(せもた)れに寄りかかり、目を閉じていたが、寝ていたわけではない。こうしていると、疲労が微熱のように体にまとわりついているのが分かる。

シャッターを閉じて間(ま)もない支店を出て、日差しの強い街中を三時間も歩き回った。夕暮が迫る頃、急に疲れているのに気づき、目についた喫茶店に飛びこんだ。ソファに座るとふくらはぎがじんじんと痛み出した。

初めは赤木が担当している高円寺(こうえんじ)北の幾つかの得意先を訪ねた。適当な口実を設(もう)けて、それとなく赤木のことを話題にしたが、どこにも不審な様子はなかった。

三千万円の金を横領して、得意先に逃げこむわけはないと、最初から思っていた。

それなら行きつけの飲み屋だと、東西線と山手線を乗り継いで池袋(いけぶくろ)に出た。

どういうきっかけがあったのか、いかにも猥雑(わいざつ)な盛り場の拡がる西口に、赤木の行く店が何軒かあった。私は時どき赤木に誘われて途中下車をした。
どの店もまだ開いておらず、小さな入口に赤く錆びかけたシャッターが下りていた。三軒目に行った先にも誰もいないことを確かめ、途方に暮れて駅への道を辿り始めたとき、急に疲労を感じたのだ。

（あいつ、本当に三千万円も横領したのだろうか）

目を開け、融けた氷で薄くなったコーヒーを口にしながら、私は何度目かの同じ疑問を頭に浮かべた。

赤木がそこまで馬鹿なことをするとは思っていなかった。いや、そこまで度胸があるとは思えなかった。

二年前、私が関西から東京の高円寺支店に転勤になったとき、赤木は出納課主任だった。現金の出し入れの度にお札も硬貨も、神経質に何度も数え直す男だった。それでも時どき数え間違えた。

やがて私と同じ得意先課に異動してきたが、神経質なのに抜けているのはここでも変わらなかった。

銀行員として腕の振るいようのない固定客や、危なっかしい不動産屋などが赤木の担当となった。一度、赤木が集金してきたはずの現金がなくなったと支店中が大騒ぎになったことがあった。しばらく探した後、デスクの傍らの屑かごの中から万札の束が出てきた。

私もそそっかしいほうなので、自分でなくてよかったとその時ヒヤリとするものを感じた。そんな赤木と私はウマが合った。いやウマが合うと皆に思われていた。

私は立ち上がり、レジの脇の公衆電話を使って寺下を呼んだ。

「杉野ですが。赤木君の行きつけの店がまだ開いていないのです。しばらく時間待ちをしてから行きます」

「どうだ。うまくいきそうか」

そんなこと分かるわけないだろう、と思いながら、

「頑張ってみます」

と素直に答えた。さっきは突然の話に驚いたせいで、寺下に乱暴な言葉づかいをしてしまった。そういうことをいつまでも根にもつ男なのだ。

「見つけたらどうしますか？」

「首に縄をつけてもここへ引っ張ってこいよ」

「いつまで、店にいらっしゃいますか？」

「十時まではいるから、どちらにしろ連絡を入れてくれ」

外がすっかり暗くなってから、私は喫茶店を出た。

一時間前と路地の様子は一変していた。

薄汚れた印象を漂わせていた建物や道路のくすみは闇が飲みこみ、その代わりに赤や紫のネオンが輝いていた。その間を細い腰をした女たちが、いっそう怪しげな地帯へと歩いていた。

一軒目のスナックで私ははっきりと、

「赤木君は来ていないでしょうか」

と聞いた。カウンターの中に屈みこんで、何やらごそごそやっていたママは、

「まだ、誰もよ」

と笑った。私はカウンターに座り、

「ここのところ来てますか」

「昨日は来たわ」

「何時ごろ？」

「そうね、十時過ぎだったかしら」

その後すぐに帰って、今日は来ていないという。

二軒目もスナックだった。こっちはまだ少年のように見えるバーテンだった。同じように聞いたが、昨日も今日も来ていないと言う。

最後に訪ねたのは、最も奥まった場所にある小料理屋であった。道を一本隔てた向こう

はもう住宅街になる。

店への道を辿りながら、ふとその店の女将の顔を思い出した。最初に連れていかれたとき、飲み終えて店を出た途端、赤木が、

「あれじゃ女将じゃなく、おかめだな」

と言ったのを思いだした。

丸い鼻、丸い目、丸い頬、もしかしたら乳房や腹も丸いかもしれない。美人と数え上げられる造作は何一つ持ち合わせなかったが、結構お客は入っていた。

店の前まで行って、あれっと思った。まだシャッターが閉じていて、看板に明かりも灯っていない。

腕時計を見た。八時を少し回っている。

(今日は休みなのだろうか)

並びの中華ソバ屋の暖簾を頭でかきわけ、

「すみません、お隣りは休みですか」

と聞いた。狭い店には大きすぎる声が出て、数人いた客が一斉にこちらを見た。

「そんなはずないがね」

肥った男が厨房の中から怒鳴るように言った。店の中に立ちこめる匂いを嗅いだら、腹がぎゅうっと鳴った。昼から何も食べていない。そこで何か食べることにした。端のテー

ブルに座りメニューを見て、ねぎラーメンを頼んだ。

「隣りは、この時間にやっていないことがあるの？」

今度は威張って聞いた。

ねぎラーメンをテーブルに置きながら、店主らしき男は力強く首を振った。

「そんなことないさ。この間、改装したばかりで、金を返すのが大変なんだろう。日曜もなくやってるはずですよ」

ゆっくり時間をかけて食べたのに、やはり隣りの小料理屋は閉じたままだった。シャッターの前で私は舌打ちをした。

「どこにもいませんでした」

と寺下に連絡すればそれで済む。しかし万一何かの拍子で、一カ所だけ確認しなかったことがばれたら困る、という気もした。寺下ならそんな万一が起こるかもしれない。

もう一度、中華ソバ屋の暖簾の間に顔を入れて、

「隣りの女将は近くに住んでいるのでしたっけ？」

と聞いた。以前、そんなことを言っていた気がする。

立ち並んだラブホテルの派手なネオンの前を歩きながら、自分がこれだけ努力したことを、どうやってさりげなくかつ効果的に寺下に伝えようかと考えていた。たとえ赤木が見つからなくても、努力は認めさせなければならない。下手をしたら自分も横領した金でご馳走になった、などと減点されかねない。

3

中華ソバ屋に教わったマンションは、すぐに見つかった。結構新しく上等なものだった。聞いていた二階の奥の部屋には表札も何もなかった。

呼び鈴のボタンを押そうとしてためらった。中から男と女の話す声が聞こえた。一瞬、恐い男でも出てくるのではないかという不安にかられた。

その不安を振り払ってボタンを押した。ドア越しにチャイムの音が響き、中の声が止んだ。

しばらく待ったが誰も出てこない。もう一度押しながら大きな声を出した。

「夜分、すみません。私、三友銀行の杉野と申しますが、ちょっとお尋ねしたいことがあって、伺ったんですが」

それでも出てこない。中で人が動く気配はある。

面倒なことが起こりそうな気がしてきた。嫌がっているのをむりやり開けさせれば、きっとただでは済まない。水商売の女将の男なんて、やくざみたいな奴かもしれない。

（帰ってしまおうか）

弱気が生じた。

その時すぐ近くで、重たい物がぶつかりあうような異様な音が聞こえた。それから苦痛に満ちた悲鳴。男の声だ。「あなた、大丈夫！」という女の声もする。

ドアが中から勢いよく開けられ、女が血相を変えて飛び出してきた。目も鼻も丸いあの女将だった。

閃(ひらめ)くものがあった。私はとっさに女の後を追った。

女は階段を駆けおり、マンションと隣りの建物の間の細い道を通りぬけ、マンションの裏手に回った。コンクリート塀の内側に男が倒れていた。女は駆け寄り上半身を抱きあげた。

「赤木！」

私は思わず大きな声で言った。

私と女が両側から赤木の腕の下に肩を入れ、赤木を部屋まで運び入れた。

その間中、赤木は「痛いよ、痛いよ」と子供のような泣き声を上げていた。女が、

「救急車を呼びましょうか」

　と言ったときだけ声を止め、「ダメだよ」と弱々しく首を振った。

　3DKの奥の部屋の布団の上に赤木は細い体を横たえ、間もなく泣き声は止んだ。

「呆れたよ、赤木」私の声は思い入れたっぷりだった。「お前にこんなことができるなんて、夢にも思わなかった」

　赤木は大きなタオルケットを上半身にかけ、ついでに顔も被い、体を向こうに向けている。女は台所に立って湯を沸かしている。

「いつからなんだ」

　そう言ってから、その問いは金のこととも女のこととも取れることに気づいた。

　女が部屋に入ってきて、盆の上の茶碗を私に差しだした。

　明るい部屋で間近に見た女は、記憶にあるとおりの容貌をしていた。目鼻立ちの整った赤木の妻とは比べものにならない。

「女将さん、いつからこういうことになっていたのですか」

　女将は答えない。

「こいつ、ここの部屋に暮らしていたわけじゃないでしょう」

　部屋の中を見回しても赤木の服はなかった。

「ちょっと電話を貸してください」

寺下に報告することを思いだした。手柄を立てたはずなのに心は少しも浮き立たない。

「どうするんだ、杉野君」

赤木がタオルケットの下から顔を出して言った。

「支店に報告しなくてはいけないんだ。課長が待っている」

「ちょっと待ってくれよ」

赤木は布団の上に上半身を起こした。あんなに痛そうにしていたのに、もう大丈夫なのだろうか。

「知らせないわけにはいかないだろう」

口を開きかけたが何も言わずに、赤木はまた布団に横たわった。

「君、お金まだ残っているんだろう？」

受話器を手にしたまま、私は聞いた。赤木はゆっくりと首を振った。

「そりゃ、少しは使ったろうが、ほとんど残っているだろう」

今度は素早く首を振った。

「残っていないのか」

赤木は答えなかったが、それは問いを肯定しているも同然だった。

「お前、三千万円だって言うじゃないか。そんな大金とは思わなかった。どうやったらそんな金を使えるんだ……」

部屋を見回すと、壁際のタンスといい窓の上のエアコンといい上等なものに見えた。その視線に気づいて赤木が言った。

「君のことだって、飲みに連れて行ったじゃないか」

「馬鹿言え、三千万円も飲ませてもらっているか」

私は腹立たしかった。そう言えば飲ませてもらうとき、

（赤木の奴、いやに乱暴に金を使うな）

と思ったことがある。競馬が当たったと、説明されたような気がする。

私は電話のプッシュボタンを押した。すぐに先方が出た。得意先課の主任だったので、寺下に替わってもらった。

「課長、赤木君、いましたよ。……友人のところです」

「そうか、それじゃ、いまからそこに行くからとり押さえていてくれ」

私はうんざりした。寺下がここに来たら、どんな場面が展開されるだろうか。もうこれ以上疲れることに付きあいたくなかった。

送話口を手で押さえ、

「課長がいまから来るってさ」

と赤木に言った。

「困るよ、困る」

「来るってもの、仕方ないだろう。三千万円だぜ、君の年収の四年分だ」

「しかし、ここは困る」

「君、自分でそう言ってくれないか」

私は赤木の手にむりやり受話器を握らせた。赤木は受話器を耳元に持っていき、

「あのお」と萎(しお)れた声を出した。

それから何度か断続的に、はい、はいと言った。

「ええ、間違いありません」

とそれだけ大きな声になった。それから「君に替わってくれだって」と受話器を私に渡した。

「赤木を明日、三鷹(みたか)の研修所に呼びつけたから、君も同席してくれたまえ……ああ、十時からだ」

電話を切って気がつくと、布団の横のテーブルの上にウイスキーのボトルが出ていた。

「水割りでよろしいですか」

女が言った。いつの間にか薄く化粧をして、さっきより見られる顔になっている。

「高円寺支店で、赤木が悪く言わないのは杉野さんのことだけだわ」

女はグラスにウイスキーを注(つ)いだ。私は言葉を探しあぐね黙ってその手元を見ていた。

「吉岡ってひどい奴なんですって」

おい、と赤木が低い声で言った。

「いいじゃないの。もう気を遣うことなんかないわ」

女は氷を入れ水を加え、グラスを私のほうへすべらした。

「赤木が人のいいのにつけこんで、何でもかんでも赤木に押しつけて……」

「そう言ったってママさん、三千万円使いこんでいいことにはならないでしょう」

「三千万円？　そんなになるもんですか。それも支店長がふくらませたんじゃないの」

やがて、女と赤木の関係が半年くらいになること、このマンションにはつい最近移ってきたこと、店の改装資金の一部やマンションの敷金を赤木が払ったことなどを、女は問わず語りに話した。

「赤木、お前、何もかもご破算にしてしまったな」

「あのまま、あそこにいたって、もうご破算のようなものだった」

不貞腐れたように赤木は言った。

「馬鹿言え、お前にだって四十歳になれば年収一千二百万円、五十歳になれば子会社の重役が待っている」

「本当にそう思っているのか」

「ああ、まあな」

赤木は起きあがった。

「お前はおれと違うと自惚れているかもしれないが、お前だって子会社の重役なんかになれるものか。××工業に行ったKさんなんか、ただの倉庫番だぜ。お前倉庫番になりたくて吉岡のこと我慢しているのか？」

目も口も小さく迫力のほとんど感じられない顔に、いままで見たことのない表情がある。私は先のことなど深刻に考えたことはない。しかしそれほどひどくない将来が待っているだろうと、何とはなしに信じている。

「何を言っているんだ。そんなことと今度のことと関係ないだろう」

支店長のやり方に不満な銀行員が、金を横領していいのなら、銀行の金庫の金は皆消えてしまう。

「銀行の人って、何をそんなに我慢しているのかしら」女が口を挟んだ。「あたしなんか嫌な客だったら人の三倍も勘定取ってやるし、もっと嫌な客なら、ここは会員制ですからって追い出してやるのに」

「ウチでもやれって言うのかい？　ここは会員制銀行だからあなたはお引取りくださいって」

私は失笑した。女も口に手を添えて笑った。女の丸い目が少し魅力的に見えてきた。

「あんた、そうやって、赤木を焚きつけたんだ、それで店を改装したり、マンションを移ったり」

「そんなことないわ。あたしがいいって言うのに、赤木さんのほうからどうしてもって言うから……」

ふうん、と曖昧な鼻声が出た。半信半疑だ。

「赤木、どうするつもりだったんだ。銀行辞めて、奥さんと子供を捨てて、この人と小料理屋の親父をやるつもりだったのか?」

私がそう言った瞬間、赤木の目と口が引き裂かれそうに歪んだ。

4

三鷹の研修所の四階に、外部から招いた講師用の宿泊所がある。部屋の広さもベッドもバスも、シティホテルの上等なシングルルームに負けない贅沢なものだ。

先ほどから、吉岡と寺下、私の三人がその部屋のソファに座っていた。

吉岡は腕組みをして目を閉じている。

寺下は何度も腕時計を覗いている。

私も腕組みをしていた。タバコを吸いたかったが、二人とも吸っていないので我慢をしている。寺下が言った。

「杉野君、本当に大丈夫なんだろうね」

「それは課長が……」

とまで言って、私は語尾を濁した。赤木をここへ呼びつけたのは寺下だ。私はあの電話で寺下が赤木にどう言ったか知らない。しかしそのことをはっきり指摘しては、寺下に逆らっている印象になる。

約束の時間を十分過ぎた。三人とも赤木の到着を待ち侘びて、部屋には息苦しい空気が立ちこめている。

さらに五分過ぎたとき、部屋のドアがノックされた。

「はあい」

寺下の声に促され、部屋に入ってきた男を見て私は驚いた。真っ赤なシャツに薄く色の入ったサングラスを着けていたのだ。

一瞬、誰かが間違えて入ってきたと思ったが、それが赤木だった。三人とも度胆を抜かれた。

「お待たせしました」

声にもいつもより力があった。

「どうしたんだ、赤木君」

寺下が威圧的に言ったが、赤木は口の端に浮かべた薄笑いを消さないまま、

「今日は仕事じゃないので」

しれっと言った。

赤木をソファに座らせ、寺下が一問一答風に最初から事実関係を確認していった。

ほとんど動きのない口座の残金を、丹念に拾い上げていった初めの手口は、赤木に相応しい小心なものだった。それがだんだんと大胆になり、大口の預かり口座に及んでいた。

「それでいま君の手元にどのくらい残っているんだね」

「残っていません」

「全然残っていないということはないだろう」

「ほとんど残っていません」

「幾らあるんだ」

「十万円か二十万円か、そんなものです」

「何に使ったんだ？　三千万円も。その、何とか言う女か」

寺下は私のほうを見て言った。赤木が来る前に、昨夜のことをはしょって二人に話してある。

「女なんかじゃありません」

「それじゃ何だ」

「使おうと思えば、三千万円くらい幾らでも使えるものですよ」

こいつ、と寺下が言いかけたとき、

「いや驚いた、驚いた」

吉岡がソファから立ち上がった。

「君がこんな男だとは夢にも思わなかった。赤シャツに黒眼鏡か。おれも人を見る目に自信をなくしたよ」

部屋中に響かせる声で言った。その声で絶えず部下を叱咤(しった)する吉岡が来てから、高円寺支店の業績ははっきりと上向いている。

「分かったよ。君が何に使ったかを詮索しても意味がない。ただし金は返してもらうよ。君、ウチで金を借りて家を建てたろう。あれを売り払って全額返済してもらう。いま売り払えば六千万円にはなるだろう」

「よくご存じですね」

「昨夜、君の資料をひっくり返してあれこれ調べたんだよ。おれだってこんなことで、いままでの実績を棒に振るわけにいかんからな」

吉岡は一流半の私大を出て、四十二歳のとき最初の支店長になっている。そこでも業績を上げて高円寺が二店目だ。

「しかし、あの家は私だけのものではありませんから……、女房も娘も住んでいますし」

「君、その女房子供に顔向けのできないことをしたんだろう。そんなしおらしいこと言う前に、その辺のことをきちっとしとくのが先じゃないか」

「だからせめても、家は残しておいてやりたいんです」

　私は赤木の声が震えているのに気がついた。赤木は精一杯無理をして、自分ではない自分を演じているのだと思った。

「君なあ」と勢いよく言って言葉を失い、吉岡は失笑した。

「君、自分のやったことが、どんなことか分かっていないのか。三千万円詐取したんだぞ。家族のために家を残したいなんて、贅沢、言っていられる場合じゃないだろう」

「………」

「私としてはできるだけ穏便に処理できたらと、思っている。しかし君がそんなふうだと、警察に届けなくてはならなくなる。君の名前と写真が大きく新聞に出て、家どころか家族はとんだプレゼントを、君からもらうことになる」

「三千万円が」赤木の声が喉にからまった。

「そんなに大きいですか。三億円とどっちが大きいですか」

「君は何を言いたいんだ」

　寺下が苛立たしげに言った。

「支店長が、本部をごまかして不動産屋に融資したまま焦げついている金は、三億円じゃきかないでしょう。私の三千万円なんか可愛いものですよ」

　私は唖然とした。赤木は支店長を脅かそうとしているのだ。

「私の三千万円を警察に訴えるなら、支店長のごまかしも本部とマスコミに訴えますからね。バブルの犯人はこいつだって、新聞が大きな写真を掲載してくれますよ」

「おい、正気か」

「もちろんです」

「赤木君、いい加減にしろよ」

　思わず私が口を挟んだ。

「君は黙っていてくれ。君だって三千万円の一割くらいは飲んでいるんだ。ぼくが家を売るなら、君のところもキッチンくらいは売ってくれ」

「馬鹿なことを言うな。スナックに数回行ったのが、何だって三千万円の一割にもなるんだ」

　私は必死に言った。支店長が、赤木の言葉を信じるかもしれないと思った。

「スナックじゃないだろう。あんなに高級なクラブに十回も行ったじゃないか」

「嘘つけ」

「どこが嘘か」

「全部が嘘じゃないか、クラブなんかに一度も行ったことはない……、どこのクラブか言ってみろよ」

　もうやめろ、と支店長が二人の言い争いを止めた。

「いい玉だな、赤木君。本当に見損なった。どこでどうなったのか、君は、おれの見ていないところで、得体のしれない化物になっちまった」

「あなたにしごかれすぎたんですよ。いつの間にか心臓に毛が生(は)えてしまった」

「とにかく、おれはいったん支店に戻らなきゃならない。寺下君、しばらくは君に任せる。おれの希望は赤木君が三千万円を弁済して丸く納めることだ。三時にはまた来るから、それまで杉野君と説得に励んでくれ」

「私もどうしても片付けなくてはならない仕事が、支店に幾つかあるのですが」

「それは杉野君とやりくりしてくれ。とにかくおれが来るまで、なんとか赤木君にその気になってもらうように、話してみてくれ」

5

吉岡と寺下がいなくなった部屋で、私も赤木も長いこと黙っていた。私は変貌した赤木が不気味に思え、話しかけるのをためらっていた。

クーラーの低い音が部屋の息苦しさを募(つの)らせていた。どこから紛(まぎ)れこんだのか大きなハエが、ガラス窓の枠に沿って飛んでいる。私はその後を目で追い続けた。

「君、何だってあんなことを言ったんだ」

息苦しさに堪えかねて私が言ったが、赤木は返事をしない。

「おい」

赤木は黙って立ち上がり、ふらふらとベッドの脇まで歩いて行って、その上にぱたりと身を投げ出した。突然、エネルギーの切れたロボットのようだった。

「ただじゃ済まないぞ」

長い間を置いて、そうかな、と赤木が言った。さっきまでより半オクターブ低い声だった。

「そうに決まっている、どうかしちゃったんじゃないか」

「だって支店長のやり方なんて、背任横領みたいなもんじゃないか。あれが通ってぼくのが通らないなんて」

たしかに吉岡の融資稟議の切り方なんか、ずいぶん乱暴と思うこともあったが、吉岡だけに限ったことではない。辣腕の支店長なら多かれ少なかれやっている。私だって吉岡よりスケールの小さいものなら幾つも経験している。赤木だって、まったくやっていないはずはない。

「君、そんなこと、女将に言われたのか」

「馬鹿言え、前からそう思っていた」

そうは思えなかったが、口にしなかった。赤木の頭の配線がどこかでショートしている。まともなことを言っても受けつけまい。

「あの女将のために、やったことなのか」

「まさか、あれは瓢簞から駒さ」

「奥さんは知っているのか？」

「…………」

顔に神経質そうな陰が走った。

「もうちょっと辛抱していれば、支店長か君か、どちらかが転勤になったのに……」

「どこへ行ったって同じさ」

「そうかもしれない、そうじゃないかもしれない……。期待だけはできるだろう」

「もういいよ。いざとなったら支店長と無理心中してやる」

赤木はベッドの上に起き上がった。声に勢いが出てきた。

「馬鹿なことを言うな。君のやったことと支店長のやったこととはまるで違う」

私の言葉を無視して、赤木は床に足を下ろした。

「ぼく、もう帰らしてもらうわ」

「何を言っているんだ」

「何でも支店長の好きにすればいいさ」

「それじゃ、支店長に連絡するからちょっとだけ待ってくれ」

私の言葉を無視して赤木は、ドアに向かった。

「困るよ」

腕を摑むと、赤木はそれを乱暴に振り払った。私は両手で腕を摑み直した。赤木は全身に力を入れて、私を振りほどこうと暴れた。勢い余って私の頰にパンチが入った。頰骨に鈍い痛みがして、鼻の奥につんときた。

私は動物的な怒りの衝動に突きあげられ、赤木に武者ぶりついた。私のほうが赤木より一回り以上、背も胸幅も大きかった。私は赤木の体に腕を回しぐいぐいとベッドのほうに押した。赤木はほとんど抵抗できず、二人は折り重なるようにベッドの上に倒れた。

そのとき、私ははっとした。赤木の頰にべったり血がついている。どこかに怪我をさせてしまったと思った。

それは私の血だった。さっきの赤木のパンチで鼻血が出たのだ。手の甲で拭うと大量の血がついた。慌ててデスクの上のティッシュで拭き、それからティッシュを丸め鼻の穴に突っこんだ。

「君もあの支店長のためにそこまでするか」

赤木がシニカルに言った。サングラスが飛んで、赤木の細い目が直に私に向けられている。そんな視線も口調も、今日の赤木はいままで私が見たことのない赤木だ。心の中まで見透かされるようで、怯むものを感じた。

「支店長のためじゃないさ」

鼻声だった。

「じゃあ、何のためだ」

「君が詐取したんだから仕方あるまい」

「………」

「同情の余地はない、君を逃がすわけにはいかない。君だってそういう覚悟はあったんだろう」

「バブルがなけりゃな」

赤木がぽつりと言った。

「そんなことが言い訳になるか」

「あの時は、誰も彼も浮かれて横領、詐欺、泥棒のやり放題だったじゃないか。君は大阪にいたから何やっていたかは知らないが、高円寺はそうだった。借りたくないって客に、担保評価もろくにしないで強引に大金貸して不動産を買わせ、それがみんな焦げついたんだぜ、ぼくの金の何倍、何十倍だよ……。ぼくはそういう商売は嫌だった、いや、正直に言おう、度胸がなくてできなかった。それで支店ではいつも馬鹿にされて……、君も知っているだろう、一時期、出納なんかにやられていたんだ。だからバブルが弾けて、案の定、膨大な金が不良債権になったとき、ぼくはしめたと思った、あの浮わついた奴らがペナルティを食らうと。ところがだ、みんな、上から下までみんな、お咎めなしだ、こんなめちゃくちゃなことありか！　それだったらバブルがらみの不良債権を作らなかったぼくを、表彰してくれたっていいじゃないの」

私は黙って聞いていた。一理はあるが、負け犬の遠吠えだと思った。

後から冷静に考えればそう言えるかもしれない。しかし弾がひゅんひゅん飛び交っている戦場に出ていれば、少しでも余計に弾を撃ったほうが偉いのだ。戦争が終わってから、

「おれは一人も殺さなかった、偉かったろう」と言っても誰もそうは思わない。私はバブルが弾けた後、自分ではそう割り切っている。仕方なかったのだ。

しかし赤木にはそう言わなかった。

「君の気持ちも分かるよ。それはそれで主張したらいいじゃないか。三千万円の件はまた別の話だ」

6

昼過ぎに寺下が姿を現わしたので、今度は私が支店に戻った。支店長が来ると言っていた三時には、戻って来るつもりだった。

支店にはいつもと違うざわめきがあった。誰が話したのか、赤木の事件は店内に拡がっ

ているようだった。

　吉岡に呼ばれ、私は支店長室に行った。

「どうだった」

「あいつ、強引に逃げ出そうとしましたよ。これが名誉の負傷です」

と言ってYシャツのカラーの所に、小さく付いた血の跡を見せた。点数を稼ぐ気分があった。

「家を売るほうはどうだった」

「それどころじゃないですね。あの格好といい、言ってることといい、あいつどうかしちゃってますよ」

　ふうん、と吉岡は鼻を鳴らした。

「奥さんに来てもらうというのはどうかね」

　私はどきりとした。

「どうでしょうか。あれだけ開き直っていると、どういう結果になるかさっぱり」

「君は奥さんを知っているんだろう」

「ええ」

「すまないが、呼んでくれないかな」

「その前に、どう出るか、赤木にそのことを言ってみたら、いかがでしょう」

「そんな面倒をすることはないさ。どうせ知らせないわけにはいかないんだ。女房にも知れたとなれば、あいつも家の処分を覚悟するかもしれない」

少しためらってから、私は受話器を手にした。誰もいない会議室である。

すぐに女の声が出た。

「三友銀行の杉野ですが」

「いつも主人がお世話になってます」

私はこれまで彼女に二度会ったことがある。

「つかぬことを申し上げますが、今日これから三鷹の当行の研修所まで来ていただきたいのですが」

「研修所？」

「じつは」と言いかけて、喉に何かがつかえているような気がした。電話ではそのことを喋(しゃべ)れない。

「とにかく来ていただきたいのです。赤木君もいます」

「いま、すぐですか」

「三時半に、駅前のAという喫茶店に来てください」

私はそこで事情を話すつもりだった。赤木に会わせる前に事情を話しておくようにと吉岡に言われていた。

吉岡に「奥さん、来てくれることになりましたから」と伝えて支店を出た。私がフロアを行き来する度に、皆の好奇の目が自分の背中につき刺さるのを感じた。

喫茶店で彼女を待ちながら、鼓動がどんどん速くなるのに気づいていた。今朝、研修所で赤木を待っているときより緊張している。

やがて彼女がやって来た。半年ほど前、酔って赤木の家に泊めてもらったとき以来だ。少し世間話をしてからと思ったが、彼女のほうがすぐに水を向けた。

「何でしょうか」

「じつは」

声を振り絞るようにして、三千万円の話をした。話の途中で取り乱すかと思ったのに、彼女は表情を変えずに聞いている。鼻筋の通った冷たい感じの美人である。

「支店長はお宅の家を売って弁済して欲しいと言っているのですが、ご主人は家は奥さんと子供のものだから、そうはいかないと……」

「あの人、そんなことを」

彼女が初めて口を開いた。口元に微(かす)かに笑(え)みがあるように見える。

「そうすれば警察沙汰にはしないと、支店長は言っておられるのですが」

「分かりました」

と彼女は言った。家を売ることを同意したというより、とにかく事情は分かりましたという風に聞こえた。

7

ドアをノックして中に足を踏み入れた私は、あっと小さく叫んでしまった。すぐ後ろにいた赤木夫人を、そのまま帰してしまおうかとさえ思った。部屋の中央のソファに、あの小料理屋の女将が座っていたのだ。

女将は私の顔を見てニコリとし、軽く頭を下げた。丸い目鼻に念入りに化粧をしている。女将の隣りに寺下が憮然とした顔で座り、ベッドの上に赤木が華奢（きゃしゃ）な体を横たえていた。

部屋に入った赤木夫人は表情を変えなかったが、夫人を見た赤木のほうは驚いた。素早くベッドの上に起き上がり、

「君、どうしたんだ」

叫ぶように言った。

「どうって、杉野さんに呼ばれてお伺いしたんですよ」

「いや、支店長がお呼びするようにとおっしゃったものだから」と私は慌てて弁解し、

「課長、赤木君の奥さんです」

と型通りに二人を引き合わせた。課長はおたおたと、夫人は落ち着いて挨拶を交わした。

女将がソファから立ち、

「奥さまですか、――幸子（さちこ）と申します。赤木さんにはいつもお世話になっています」

頭を深く下げながら言った。夫人は怪訝な表情になったが、女将が何者なのか、何故（なぜ）ここにいるのか、問おうとはしなかった。

やがて吉岡がにこにこしながら姿を現わした。女将を見ても驚いた様子はない。寺下が報告してあるのだろう。

「やあ、皆さんご苦労さんです。今回はまあ、不幸なことが起きてしまいまして、私としても残念に思っているのですが、起きたことは起きたこととして、これを前向きに解決しなくてはならない」

誰も言葉を発せず吉岡を見ている。

「それで奥さん、ご主人には、お宅を処分して三千万円の弁済をしたらどうかという案を提案しとるんですが、どうもご家族のことが心配でふんぎりがつかないようだ。そこでわざわざ奥さんにご足労願ったわけなんです」

「汚いことするな」

赤木が忌々（いまいま）しげに言った。

「奥さんの前でそんな乱暴なことを言わんでくれよ。君があぁ言ったからなんだぜ。君が自分で判断してくれたら、奥さんにわざわざこんな所に来てもらうことはなかったんだ」

吉岡の口調にはゆとりがあった。

「ああ、この支店長はいつもこんなふうにやるわけなんだ」

突然、女将が口を挟んだ。

「あなた、ちょっと黙っていてくれませんか」

寺下が女将を遮るように言った。我々がやってくる前に、こんなやり取りが二人の間に何度もあったのだろう。

「そうはいきませんよ。あたしは赤木さんの応援をしようと思って、ここへ来たんですから」

「ねえ、奥さん」吉岡は女将には構わず話を続けた。

「杉野君から話は聞いてくれたんでしょう。家のほうをそうしてくれれば、私としてもなんとか表沙汰にならないようにできると……」

「奥さん、そんな口車に乗ってはいけませんよ。この支店長はずっとそういうおためごかしで、世渡りしてきたんだから」

「すみません、幸子さんでしたっけ」と夫人は女将に話しかけた。

「どちらの幸子さんですか」

「あら、赤木さん、何も話してないの」

赤木は身の置きどころのない表情をしている。

「池袋でお店をやっておりまして、赤木さんはよく来てくださるんです」

「あなたがそうだったの？」

夫人は口を半ば開いて、女将の全身をなめるように見た。覚悟を決めたのか、頭の中が空白になったのか、赤木は何も言わないまま、もう一度ベッドに身を投げた。

「奥さん、それはそれとして、私の、穏便な解決方法をご了解いただけませんでしょうか」

吉岡は女将を無視してまた言ったが、夫人にはその声が耳に届いていないかのようだった。

「奥さん、ご主人は、色んなことが一遍に出てきて少し混乱しておられる。一つあなたのほうで冷静に……」

寺下が吉岡を援護するように口を挟んだ。

「奥さん、家を売るなんてそんな必要はありませんよ。この人が、全部やったんじゃないんだから、この支店長や課長の罪を半分くらいは着せられているんだから」

「赤木君、この女にそんなでたらめを言っているのか。呆(あき)れた奴だな」

寺下が言った。

「でたらめって、でたらめなのはあなた達でしょう。銀行のお金をでたらめに貸しまくって、日本中バブルにして、庶民を苦しめておいて、この上、赤木さんのお家まで取ろうと言うの？」

私は女将の話を聞きながら不思議な感覚に捉えられていた。理屈も何もあったものではないのに、女将はいやに堂々としている。

「あなた、余計なことを言うと話が混乱しますから、出て行ってくれませんか……。杉野君、守衛を呼んでくれや」

私は部屋の隅の電話機に歩み寄った。

「ちょっと、待ってください。わたしにとって話は全部つながっています。この人にもいてもらってください」

夫人が毅然とした口調で言った。

「つながってるって、どういうことですか？」

吉岡が言った。

「あなた、本当に、銀行の三千万円を、そんなことしたの？」

「それは、あれだよ、三千万円だとかじゃなくて、ぼくとしては、あれだよ、支店長と対決するつもりで、やったことなんだから」

「その喋り方、いつもとおんなし。ごまかしているのが、わたしにはすぐ分かるわ。こんなに何もかにもめちゃくちゃになっちゃって……、もう逃げないであのこと進めてくれるんでしょうね。……書類、もってくればよかった」

赤木は表情を固くし口を閉ざしていたが、女将が聞き咎めた。

「何ですか、書類って？」

「離婚届よ」

「そんな話があるの」

女将は赤木に聞いたが、赤木は口を開かない。夫人は女将に言った。

「あなたみたいな人がいて、わたしが気がつかないはずないでしょう。わたしの気持ちはとっくにはっきり決まっているのよ」

「ねえあんた、何で言ってくれなかったの」

女将は赤木をあんた呼ばわりして、問いかけた。赤木は顔をうつむけてしまい、夫人が代わりに答えた。

「この人、自分でこんなことしながら、離婚したくないなんて言いはって」

「離婚を嫌がっているのは、あなたのほうでしょう」

「赤木がそう言ったのね。そう見えます？」

夫人が女将にうっすらと笑いかけた。冷たい美人と思っていたのが、一瞬だけ艶然として見えた。

「それなら渡りに船じゃない。あんた、さっさと別れちゃいなさいよ」

女将の口調がきつくなった。我慢し切れなくなったように吉岡が言った。

「申し訳ないが、その話は別にやってくださいな。私のほうはいまそんな話をしている場合じゃないんだ。……奥さん、お宅を売って詐取したお金を弁済してもらいますよ、いいですね」

「あれを売れば七千万円くらいになるかしら。三千万円は弁済に回して、残りはわたしが慰謝料としてもらいます……。それでいいわね、あなた」

夫人が冷静に言うと、女将が猛然と言い募った。

「銀行に返す必要なんてないのよ。支店長がドブに捨てるように焦げつかせたお金は、その十倍にも百倍にもなるんだから」

「あなたね、勝手なことばかり言ってるが、弁済しなければ警察に届けなくてはならなくなる」

「やってごらんなさいよ。あなたの悪事もマスコミに知らせるよ」

「私の悪事って何かね」

「だから」と女将は少し言い澱んだ。

「銀行のお金をでたらめに使ったことよ。担保も取らずにお金を貸して、そいつからリベートも取ったでしょう」

はあ、と吉岡は呆れたような声をあげた。

「赤木君はこの人にそんなことを言ったのか。ねえ、ママさん。それだけのことを言う以上、ちゃんと証拠があるんでしょうね」

「ええ、当たり前でしょう。ねえ、あんた、言ってやってちょうだい」

女将の口調に焦(あせ)りが出た。その分赤木に苛立ちをぶつけたが、赤木はベッドの上に身を横たえたまま少しも動こうとしない。

私にはその姿が憐(あわ)れに見えた。

吉岡の支店長としてのやり方をどこかの週刊誌にでもばらせば、一度くらいは記事になるかもしれない。しかし赤木にその勇気はあるまい。しかも銀行はそんなことで吉岡を処分したりはしない。そんなことをしたら、いまの銀行は死屍累々(ししるいるい)になってしまう。

赤木はどこかで道を踏み外し、わずかな自己弁護を、バブルと吉岡の強引なやり方に求めていた。それがここで木端微塵(こっぱみじん)になった。

「ねえ、あなた、そうしてくれるでしょう」

夫人が言った。

「赤木君、そうしようよ。それが君のためにもなるんだ」

吉岡が言った。

二人の間で赤木の華奢(きゃしゃ)な体は固まっていた。

その時、ふっと私は幻覚を見た。

ベッドの上にいるのが私で、それを見ているのが赤木だった。私は、いたたまれない思いに心臓を締めつけられながら、逃げ出せもせず、非難の視線の中で固まり、赤木はいかにも忌々(いまいま)しげに私を睨みつけていた。

私は、赤木が何か怪しげな伝票操作をやっていることを、半年前から気づいていた。遠からず赤木が、この苦境を迎えることを知っていた。それを知ったときに私はなぜ仲の良かったはずの赤木に、忠告しなかったのだろうか。私にも分からない。

この幻覚がいつの日か現実のものとなるのではないか。そんな予感に捉えられ、私の体の奥から震えが湧いてきた。

妻のカラオケ

1

居間で電話が鳴りだしたとき、高木の頭の中を不安が過った。

（また、あの電話ではないか？）

妻の喜美子は、反射的に手にしていた茶碗をテーブルに置き、椅子から立ち上がった。

その後ろ姿はなんだかいそいそしているように見えた。

高木は噛みしめていた国産米百パーセントの味が急に分からなくなった。

ふっと視線を感じて前を向くと、中学二年になる麻衣子が慌てて目をそらした。喜美子によく似たネコ科の顔に、高木の心を見透かすような目があった。

「ねえ」居間から戻ってきた喜美子が媚びるようにいった。その仕種もネコだった。

「またなのよ、嫌んなっちゃう」

やっぱりだ。

「だったら止めればいいじゃないか」

高木はかろうじて何気ない口調を装った。

「そうもいかないわ、みんなPTAでなにかと一緒になるんだから」

「それなら、行けばいいだろう」

「いいかしら」

返事の代わりに高木は茶碗の飯をかきこんだ。

「あたしの体操着に背番号縫っておいてっていったじゃない」

麻衣子が早口でいった。咎(とが)めるようなニュアンスがあった。

「そんなに遅くならないから大丈夫よ」

喜美子は突っぱねるようにいった。


喜美子がカラオケに出かけて行き、麻衣子は自分の部屋にこもってしまった後、高木は居間のテレビの前に座りこんでいた。

巨人阪神戦が早めに終わったらしく、画面では阪神が圧勝した試合のハイライトシーンが繰り返されている。いつもはすぐにそんな不愉快なチャンネルは切り替えるのだが、今夜は頭が別のことに占められていて、巨人が負けたことなんか大したことではない。

(喜美子のやつ、なんだって、こうしょっちゅうカラオケなんかに、行かなきゃいけないのだ)

二月(ふたつき)ほど前に営業部の機構改革があって、高木がたまに早く帰れるようになってからだけで、もう四回になる。

高校の同級生だった喜美子と結婚して十五年、高木はずっと妻に理解ある夫を演ってきた。好きなときに映画を観てもカラオケに行っても、文句などいいたくはなかった。

もう亡くなった両親はよく高木の目の前で喧嘩をしていた。時どき親父がお袋を叩くこともあった。高木の目には親父が過剰にお袋に威張るのが原因に見えた。夫はどんなテーマでも妻に負けるものではないと親父は思っていて、それが侵されそうになるとお袋を叩いたのだ。自分はそういう夫にはなりたくなかった。

しかし、しばしば夕食後に、夫と娘を家に残してカラオケに行く妻を黙って見送ることはない。最初は様子見をしても、二回目のときにはっきり文句をいえばよかった。その時いいそびれたから、もう三回目からはいうほうがおかしくなってしまった。

高木はいらだたしさを頭の中から追い払い、新聞のテレビ欄を見た。早く帰った日は食後いつもテレビを見て過ごす。

×チャンネルでクイズ番組をやっている。何度か見たことがあるが、なかなか面白かった記憶がある。

テレビの脇の本棚に載っているリモコンのスイッチを取った。ビデオやステレオなど家の電気製品で、高木にはうまく使えないものもあるが、これはそんなことはない。ボタンを押すだけで目当ての番組がかんたんに出てくる。

いきなりピラミッドが画面の中央に現われた。どうやらドキュメンタリー番組のようである。

高木はもう一度テレビ欄を確認した。ここで間違いない。

画面はピラミッドの内部に変わった。大きな石で組まれた通廊から矩形の埋葬室まで、カメラは壁面を見上げるようにゆっくりと進んでいた。

その時、別の小さな通廊から不意に女のレポーターが登場して、面白おかしく口上を述べ、最後にきりりといい放った。

「さて、ここで問題です」

それから、ようやく画面はスタジオに戻り、見なれた解答者の顔が映しだされた。司会がまどろっこしい口調で問題を繰り返し、解答者に説明している。

その悠長さにいらだたしくなり、高木はボタンを押して違う画面を映しだした。

こちらでは数人の侍が走り回って、ちゃんばらをやっている。侍たちの渦の真中でひと際目立つ動きをしているのが、主人公である。彼は見事な刀さばきで、悪人たちを次々と斬って捨てている。

高木はまた画面を変えた。

これはCMだ。大きなトマトがブラウン管いっぱいに膨れあがったかと思うと、突然、破裂して大量のジュースが飛び出してきた。そのジュースの洪水の中から大きな缶が現われた。

「太陽の旨さ、××トマトジュース」

高木はひっきりなしにチャンネルを切り替えた。画面が数秒おきにめまぐるしく入れ替わる。どの画面も高木をしっかりと引き付けてはくれない。

高木ははっとして後ろを振り向いた。いつの間に来たのか麻衣子が立っていた。

「何やってるの？　お父さん」

「面白いのがなくてさ」

声が喉にひっかかった。高木は妻にばかりでなく、娘にもいい父親を演ってきた。いつだったか、麻衣子がチャンネルをがちゃがちゃいじり回しているのを、大らかにたしなめた覚えがある。

そんなことしてると頭の中がこんがらがっちゃうじゃないか、と。

「お父さん、カラオケできないの？」

麻衣子はキッチンに入り冷蔵庫を開けて、牛乳のパックを取りだしてからいった。

「何で？」

「お父さんも、一緒に行けばいいじゃない」

「……だってＰＴＡの小母さんばかりのところへ、父さんが行っちゃおかしいだろう」

麻衣子はおかしいとも、おかしくないともいわず、黙ってコップに牛乳を注いでいる。

「父さんにもくれないか」

麻衣子は食器棚から高木用のカップを出して、それにも牛乳を注いだ。

高木の前のテーブルの上に置き、麻衣子は反対側に座った。

「×チャンネル見たいんだけど、いい」

高木が答えないうちに、麻衣子はリモコンスイッチを手にし、画面が変わった。ネコは咎める暇を与えず、自分の好きなことをやってしまう。そうするとおれはイヌか？　ためらっているうちに、やりたいことが目の前から逃げて行ってしまう。

ちょうど冒頭のタイトルが映しだされた。「漂流家族」――筆で書かれた極太の文字だ。なんだか嫌な予感がした。さりげなく麻衣子を見ると、もう画面に吸いこまれている。

不愉快なドラマだった。

日本中どこを探してもいるはずもないエキセントリックな家族が、荒(すさ)みきった日々を暮らしている。冷酷で暴力的な夫、執念深く多情な妻、年齢の三倍もこましゃくれた中学生の娘、昆虫や野良猫を殺すのが趣味の小学生の息子。

ブラウン管の中に猥(みだ)らな場面や、家族のきれいごとをひっくり返す台詞(せりふ)が登場する度(たび)に、父親と娘が黙って座っている六畳の居間に、かすかに緊張感が漂(ただよ)った。

高木はチャンネルを切り替えたかったが、そうしなかった。チャンネルを親父が勝手に切り替えてしまうなんて、よいことではないと考えるようにしてきた。

「カラオケって、どこだ？」

ＣＭのとき麻衣子に聞いた。

「西口のパンプキン。お父さん、行くの？」

「まさか」


喜美子が帰ってきたのは十一時を過ぎていた。

「ごめんなさい。これでも急いで帰ってきたんだから。みんなまだいるの、呆(あき)れちゃう」

喜美子は威勢のいい口調でいった。いままで静まり返っていた家が急に賑(にぎ)やかになった。

「君も、そんなやつらと付き合うの、いい加減にしたらどうだい」

「でもねえ」

と麻衣子を見て喜美子は含み笑いをした。かすかにアルコールの匂いがする。

「どうせ、お母さんなんか、音痴なんでしょう」

麻衣子がいった。

「そんなことないわよ。うまいんだから、お母さんが一番よ」

と喜美子はやり返した。

「トゥルーラブ、歌える？」

「どうせガキの歌なんでしょう」

「古い歌ばかり歌って嫌ね」

麻衣子はしきりに母親につっかかっていく。なんだか自分の代わりをしているみたいだと高木は思った。

喜美子はそのままキッチンに立って、

「あなた、お茶、飲む」

と聞いた。

「ああ」

と答えながら、高木は喜美子が小さく鼻歌を歌っているのを耳にした。カラオケの余韻が残っているのだろう。高木にも聞き覚えのある歌だ。何だったろう？

喜美子は流しの前に立っている。「漂流家族」の中でもそんなシーンがあった。喜美子の腰の曲線はまだ若い。その時不意に思いだした。「銀座の恋の物語」だ。胸がどきりとした。あれは男と女のデュエット曲のはずだ。ＰＴＡの集まりだというのに――

（男もいたのだろうか？）

2

「君の気持ちも分かるが、会社の立場も分かるだろう」高木は野村の顔を見ながらいった。

「営業経費はもうこれ以上かけられない。しかし売上げは伸ばしたいんだ。こんな不景気だからな、背に腹はかえられない」

野村は不満そうに黙りこんだ。

千代田アドの営業部の機構改革で高木の下につくことになったが、野村は会社の方針からはみ出しがちな以前の上司を評価しており、会社に柔順な高木のやり方を内心で馬鹿にしているようだ。

高木は四十二歳の課長、野村は三十一歳の平社員。もう少し頭ごなしにやってもいいかと思うこともあるが、それでこじれてしまったら、その後どういう扱い方をしたらいいか分からない。

「いいですか」

高木は会議室の大きなテーブルに座っている四人の部下たちの顔を見渡した。二人は以前からの部下で、二人は機構改革以来の部下だ。

「君らの担当先はいままでより三割くらいずつ減っているんだから、あんまり銭かけず、その分手間ひまかけて、なんとかうまくやってちょうだいよ」

「大正企画はどうしてあんなに贅沢なことができるんですかね」

副課長の棚田がやんわりといった。当面のライバル会社の接待が気になって仕方ないらしい。

「さあね、やけくそなんじゃないか」

高木が冗談のつもりでいったのに誰も笑わない。

「うちもやけくそになってくれないかな」

棚田がいうと、他の部下たちが手を叩いて笑った。高木は少し鼻白み決然とした口調でいった。

「とにかく一回の接待で三万円以上かかりそうなときは、ちょっと私に声をかけて下さいな。それが社命なんだから」

その時、唐突に喜美子のことを思い浮かべた。

（今度あいつがカラオケに行くといったら、がつんといってやろう）

夕方、出先から帰ってきた棚田が、高木のデスクの前に立った。顔を上げると、

「ちょっといいですか？」

　二人で午前中に会議をやっていた部屋に行った。高木はその時と同じ場所に座ってタバコを手にし、棚田も同じ場所で高木を見た。

「江戸川食品のＰＲ誌ですが、今年は大正企画に乗り換えられそうなんです」

　棚田がいった。

「そんな馬鹿な！　どういうことだ」

　高木は思わず大きな声になった。

「まだはっきりしたわけじゃないんですが、浅野部長にいわれたんです」

「なんて、いわれたんだい」

「君んところに編集を任せるのも十年になるな、来年は少し新機軸を出してみるか、といいだしたのが一月前でして。その時は、またまた冗談ばかりって、本気にしてなかったんですが……」

　棚田は生真面目な表情を崩さない。高木の素直な部下になるのは、棚田のように融通の利かない男ばかりだ。

「冗談じゃなかったのか」

「その後、浅野部長が大正企画の営業部長と飲み歩いているって情報も入ってきてまして、心配してたんですが。ついさっき、今年は相見積りにするって話を聞かされたんです」

相見積りという言葉を聞いたとたん、高木は心臓が鼓動を速めたような気がした。江戸川食品のPR誌は高木の課の稼ぎ頭である。これを余所(よそ)に取られたら、高木は課長の椅子に座っていられなくなるだろう。

「なんだって、そんなことに?」

「ですから、新機軸ということなんです」

「うちだって新機軸は出せるさ」

やんわりと棚田を叱る口調になった。

「私もそういったのですが、とりあえず見積り取るだけだからって、まともに聞いてくれないんです」

「ダメだよ。相見積りなんかさせちゃ。大正企画に持っていかれても文句のいいようがなくなっちまう」

棚田は黙りこんでしまった。

「そんなことになったら」

お前はクビだぞ、という言葉は飲み込んで、高木はタバコの先を灰皿にこすりつけた。

「すぐに浅野さんに会えるようにしてくれないか」

「私も、橘川(きつかわ)部長に会って下さいといったんですが……」

高木は面白くない気がした。それは自分より橘川部長が出たほうが話はうまくいくかもしれない。しかしまずおれが出るのが順序というものだ。

「まず私が話してみるよ。場所はどこでもいい、料亭でも銀座でも」

「よろしいんですか」

「ああ」

営業経費を節約するようにと、橘川から申し渡されたばかりだ。きっとまた文句をいわれるだろう。しかし江戸川食品をしくじったらもっと怒られる。

3

夕方から棚田を誘って少し飲み、十時過ぎに××駅で降りた高木は、「パンプキン」を覗いてみようかと思いついた。自宅までの帰路から外れるが場所くらい分かっている。

どんな所で歌っているか見てみたい気がした。しかし、たまたま今夜行っていて、その中に男もいたらどういう態度を取ったらいいか分からない。しばらくためらったが、まっすぐ家に帰ることにした。

高木をマンションの玄関に迎えに出たのは喜美子だった。

「あら、いいご機嫌ね」

「そうでもないさ」

「そう？　なんだか気持ちよさそうよ」

高木は今日、棚田から聞かされたことを喜美子にいってみたい気がした。おれはこんなに大変な問題を抱えているんだぞ、どうだ！　と。

「ご飯、食べる？」

「ビール飲むかな」

着替えてダイニングキッチンに行くと、麻衣子が流しで食器を洗っていた。もう麻衣子はすっかり家の家事要員に組みこまれている。

それは子供のしつけにいいことなのだろうが、喜美子の自由を大きくもしている。結婚して十五年。喜美子はどんどん楽ちんになり、自分はいっそう厳しいところに追い込まれている。そしていま、おれが大らかに認めてきた喜美子の楽ちんな日々に、どんなおれの知らないことが起きているのだろう？

「これ、ダメよ」喜美子が洗いカゴに上げられた皿を一枚点検して、おごそかにいった。

「油が浮いているじゃない」

えー、と不満そうにいって、麻衣子は皿を洗い直し始めた。

高木が座ると喜美子が注いでくれた。

テーブルの上にグラスと焼いた肉の皿が置かれ、その脇にビール瓶が立っている。

それを一気に飲み干した。よく冷えていてうまさが体に滲み渡った。

「きみこも、飲むか」

「あたし、ちょっと、やることあるんだ」

空になった高木のグラスにビールを注ぎ足しながら、喜美子がいった。

カラオケか？　と高木は、身構える気分になった。

「学校通信の記事を書かなきゃいけないの。あたしにお鉢が回ってきちゃって。いいかしら」

「ああ」

なんだか不愉快だったが、思わずそう答えた。答えてから「そんなもの昼間のうちにやっておけばいいじゃないか」という言葉が頭に浮かんだ。カラオケには対処法を決めたが、学校通信は不意打ちだった。

喜美子は隣りの居間に行き、膳の上に何やら拡げ始めた。

「文章なんて書くの何年ぶりかしら？　嫌だ、いやだといったのよ。なのに押しつけられちゃって」

喜美子の声は弾んでいる。

高木は手酌でビールを注いだ。

「さあ、終わった」

流しの前で麻衣子が大きな声で宣言し、エプロンの端で手を拭いた。それが喜美子そっくりだった。

「大丈夫？　きれいになった」

居間から喜美子がいった。

「うん、ばっちり」

キッチンから引き上げようとした麻衣子に、

「お前、少し舐(な)めてみるか」

と高木が聞いた。

「ビールって苦いんだもの。……ワインならいいよ」

「ワインなんてあるのか？」

麻衣子は黙って冷蔵庫を開け、下の段から瓶を取り出した。

「これ、おいしいよ」

「なんだ、これ、どうしたんだ？」

麻衣子は、答えず、居間の喜美子を見た。

「きみこ、このワインは、どうしたんだ？」

ラベルを確認しながら高木はいった。ドイツ産で上等そうに見えた。

「ああ、もらったの」

「いつ？」

「もう、半月くらいになるかしら」

一週間の間にもう三分の一は飲んでしまったのだ。

「まいこ、あのワイングラスをとってくれないか。……ああ二つだ」

「あたしも、飲みたいな」

居間から喜美子がいった。顔を上げ高木を見て、ニコリとした。やはりネコだ。気の向いたときだけすり寄ってくる。

「じゃあ、三つ」

足付きのグラスに等分に赤ワインを注いでから、高木は自分の分にだけ注ぎ足した。それでボトルは空になった。

「父さんは、初めて飲むんだからな」

高木は言い訳がましく麻衣子にいった。

4

「どうも浅野部長、いつもお世話になっています」

新橋（しんばし）の料亭の部屋で待っていた高木は、棚田が先導して連れてきた浅野に、畳に這（は）いつくばるように頭を下げた。

ご無沙汰しましたな。

浅野はもったいをつけるようにいうと、空けてあった上座にためらうことなく座った。浅野が席につくと間髪を容れず、仲居が酒と料理を運んできた。高木がそういいつけてあったのだ。

「まあ、どうぞ、どうぞ」

高木は銚子を持ち、浅野に酒を注いだ。それから棚田にも注いでやり、自分には手酌で注ごうとした。

まあ、私が。

浅野が手を伸ばしかけたが、高木はすでに自分で注いでしまっていた。

「江戸川食品さんのご発展と浅野部長のご健勝を祈念しまして」

乾杯！　と高木は声に力をこめていった。

浅野に次の酒を注ぎながらいった。

「早く景気が良くなってくれないとかないませんな」

そうですな。

「しかし江戸川さんは、こんな不景気でもいい決算を出してますね」

含みを少し吐き出しましたからな。実際のところは火の車ですわ。

高木は型通りの会話を延々と続けた。時どき、棚田に相槌（あいづち）を求めると、棚田も型通りそれに応じた。

「ところで」高木が不器用にそれまでの話題を転じていった。

「なんですか。今度、お宅のＰＲ誌を余所さんと相見積りを取ることになったとうかがったんですが、まさか、そんなことは、ないですよね」

そうさせてもらうつもりです。

浅野は鰆のホイル焼きの身をむしりながら、高木の顔を見ないでいった。

「そりゃあ殺生ですよ。お宅のＰＲ誌はウチの課の命ですから……、そんなことになったら干上がってしまいます」

時節柄、うちもいろいろ無駄を見直すことになりまして、これもその一環でね。

「無駄って、ＰＲ誌はお宅の顔ともいうべきものじゃないですか」

だから丁寧に作りたいんですよ。

高木はふかふかの座布団から滑り降りて、また畳に両手を突いた。

「部長このとおりです。いままでどおりウチにやらせて下さい」

見積り取ってみて、よければもちろんお宅に発注しますよ。

「よければって、そんな血も涙もないことをおっしゃらずに、お願いしますよ」

血も涙もないという言葉は、冗談めかしたつもりだろうが、いかにも真剣に聞こえた。

「なあ、棚田君、君も頭を下げてお願いしなさい」

棚田も高木と並んで浅野に頭を下げた。

そんなことしないで、君の所もいい見積りだせばいいんですよ。

「値段は、これまでだってぎりぎりまで勉強させてもらってます」

それなら何も心配することはないじゃないですか。

「何か当社で、お宅様に不行き届きをしましたでしょうか」

そういうことじゃないですよ。

その日、高木が家に帰ったのは一時を過ぎていた。浅野を帰したあと、棚田と飲んでいたのだ。

すでに布団に入っていた喜美子が起きてきて、眠そうな声でいった。

「遅かったわね」

布団に潜(もぐ)り込んでから、隣りの喜美子の布団の中に手を伸ばすと、いやよ、と寝ぼけた声を出した。さらに手を伸ばし、腰の辺りの柔らかな肉に触れたとき、

「あなた、すごく、お酒臭いのよ」

と喜美子は寝返りを打ってその手を払った。この頃、少し間遠(まどお)になっているが、こんな風に拒絶されたことはない。

やっぱり男でもできたのか？

したたかに酔っていたのに、高木はその夜なかなか寝付けなかった。

翌日、高木は橘川部長に江戸川食品に出す見積りについて相談した。事態を詳しく話すつもりはなかったが、これまでより利益率の低い見積りを出す了解を得ようと思った。

「相見積りだとお」思ったとおり、橘川は頭ごなしに怒鳴った。

「あそこはうちの米びつだろう。何だってそんなことになったんだ」

「それが分からないんです」

「何やってるんだ。あのPR誌を余所に取られたらお前はクビだぞ」

高木が棚田にいいたかった台詞を、橘川はいとも易々とぶちまけてきた。

「大正企画がしきりと接待攻勢かけてきているんだそうです」

「ウチもやりゃあいいじゃないか」

「昨日、新橋の花吹雪に連れていきましたが、相見積りの方針は変えてくれないんです」

「馬鹿野郎、接待ってのはタイミングがあるんだ。後手に回ったんでは何にもならんのだよ。とにかくおれに会わせろ」

そういわれて、浅野に連絡を取ったのだが、浅野は会ってくれようとはしなかった。

5

日曜日のその朝、いつもは十時すぎまで寝ている高木が九時前に起き出した。居間のテーブルの上に何やら印刷物をたくさん拡げている。

「あら、どうしたの？」

喜美子が不思議そうにいった。

それには答えず、高木はパジャマ姿のまま喜美子の隣りに座った。印刷物はこれまでに発行された学校通信らしい。喜美子は原稿用紙にしきりに何か書きこんでいる。

「ご飯、ちょっと待ってね」

それにも答えず、高木は傍らの畳に置いてあった新聞を手にした。

まずはスポーツ欄から眺める。昨日も巨人は勝った。一時低迷していた松井がまた打ち始めている。巨人が勝ったニュースを見ると、決まってちょっと心が明るくなった。

ゴルフはこのところさっぱり面白くない。高木は青木功のファンだが、最近の彼はすっかり勝利から縁遠くなってしまった。年齢には勝てないということなのだろうか。青木ばかりではない。ジャンボ尾崎も勝てない。この頃のトーナメントは、よく名前も知らないプロばかりが優勝して、すっかりスター不在になってしまった。

スポーツ欄を見ながらも自然とあのことが頭に浮かんでしまう。浅野と会った翌日からそれを考え続けている。今朝もそれで早く起きた。

（どうしよう？）

やはりためらいが先に立つ。

あれを実行してもいい結果は出ないだろうという気がしている。しかし、何もしなければいい結果が出る可能性はもっと小さくなるのだ。

喜美子はまだテーブルの上に覆い被さっている。柔らかそうな後れ毛の見える首筋がいやに白い。同じ歳なのに向こうのほうがずっと若く見える。「銀座の恋の物語」も喜美子には似合うだろう。

ネコめ、ネコめ。

「よお、これからちょっと出かけてくるから、何か食わしてくれよ」

「えっ、出かけるの？」

そうはいったが、すぐには原稿に書き込む手を止めようとしない。高木が覗き込もうとすると、

「嫌よ、見ないで」

と肘で原稿を隠した。

喜美子は間もなくキッチンに立った。

「パンでいいかしら?」

「ああ、それと牛乳な」

「温める?」

「ああ」

高木には牛乳信仰がある。牛乳は完全食品で、これさえ飲んでいれば栄養が偏らないというやつだ。栄養不足では厳しいビジネス戦争に生き残っていけない。

トーストが出て、カップの牛乳が出て、ベーコンエッグが出て、マヨネーズを添えたレタスも出た。

食事を終えてから、高木はスーツに着替え家を出た。

喜美子が、何なの、と聞いたが、ちょっと仕事だよ、としか答えなかった。

「遅くなるの?」

「夕方だな」

電車の中は子供連れの若い親たちが多く、いらだたしいほど騒々しかった。

高木は新宿で中央線を降りてデパートに寄り、二万円もするナポレオンを買った。それから総武線に乗り換えた。浅野部長の家が市川にあることは調べてある。

市川駅にはいままでに二、三度しか降りたことがない。駅前は都心とあまり変わらない喧騒だった。

構内タクシーを拾おうと、乗り場の列に並んでいるうちにまたためらいが湧いてきた。ためらいというより恐怖感に近かった。そこで駅前広場に面した喫茶店に寄り、もう一度決心の仕切り直しをやることにした。

パチンコ屋の二階だった。コーヒーを頼んでから考え始めた。

ＰＲ誌の見積りはぎりぎりの利益率で出すことにした。

「これじゃ、受注できたって何の儲けにもならん」

と橘川に嫌味をいわれたが、彼も了解せざるをえなかった。

しかしそれだけではまだ不安だった。あの日、浅野はもうすでに大正企画に乗り換えようと心を決めているように見えた。

それを逆転するために高木のできることは何があるのか？　考えた末に、休日に浅野の自宅まで訪ねて行くことを思いついたのだ。かえって反感を持たれるかもしれないとも思ったが、やらなくてはならないという思いが強迫観念になってしまった。

高木は覚悟を決めて、もう一度タクシー乗り場に向かった。今度は誰も並んでいなかった。

浅野の家はすぐに分かった。土地は三十坪くらいだろうか。洒落(しゃれ)た二階家だった。

高木は思い切って門柱のインターフォンのボタンを押し、息を詰めるようにして中からの反応を待った。

どなたですか？

インターフォンから女の声が飛び出してきた。

「千代田アドの高木と申します。休日に突然お邪魔して恐縮ですが、部長はおいでになりますでしょうか」

出かけておりますが。

「いつお帰りでしょうか」

さあ、遅くなるといっていましたが。

それを聞いて体の力が抜けるのを感じた。手にしていたナポレオンの包みが急に重くなった。

迷った末にそれを奥さんに言づけることにした。奥さんは受け取りを渋ったが、強引に押しつけ逃げるように帰った。

帰り道は来るときの三倍の時間がかかる気がした。

疲労困憊してマンションまで辿りつき玄関を開けたら、三和土にたくさんの履物があるのが目に入った。女物ばかり、三足、いや四足はある。

驚いた顔の喜美子が出てきた。

「あら、あなた、早かったのね。夕方っていってたからお客しちゃった」

と歌うようにいった。まだ二時だった。どこかに寄り道をしてくればよかった。居間を通ると、女たちがその部屋を所狭しと埋め尽くしていた。

「ＰＴＡの役員の皆さんよ」

女房がお世話になってます、と高木は慌てて頭を下げ、自分の部屋に逃げこんだ。高木の背後で女たちが賑やかに笑う声が聞こえた。なんだか今日の自分の間抜けぶりが笑われているような気がした。部屋に入ってから、居間のグループに男はいなかったことを思い出した。

部屋着に着替えても、さて、落ち着かない。滅多に使うことのないデスクの上も椅子の上も、取り入れた洗濯物が山となっている。太陽のぬくもりを吸いこんで暖かくなったそれらを丸めて畳の上に放り投げ、椅子に腰を降ろした。

タバコを吸おうにも灰皿がない。それでもスーツのポケットからハイライトを取り出し火をつけた。一口吸って、畜生っ、という思いとともに吐き出した。紫煙が揺らめいて天井に上っていく。

女たちが帰るまでの時間が途方もなく長かった。

ようやく居間の喧騒が静まったかと思うと、すぐに喜美子が顔を出した。

「ごめんなさい、こっち、空いたわよ」

「まったく、騒々しかったな」

いいながら居間に行った。

「学校新聞の相談してたのよ。無駄話ばかりで全然先に進まなくて。……あなた、どこへ行ってたの？」

「ちょっと、仕事さ」

居間で高木はテレビをつけた。

ゴルフが始まったばかりだ。今日は上位で青木と中島が競り合っている。高木はチャンネルをかちゃかちゃと替えることなく、彼らの見事な一ショットごとに見入っていた。

喜美子はキッチンで、どうやらお茶を淹れてくれているらしい。

6

翌朝、オフィスについたばかりの高木に、浅野から電話が入った。

「高木さん、あんなことをされては困りますよ」

浅野の口調はそれほどきつくはない。

「何も他意はございませんので、どうぞお納め下さい」

高木は部下たちに聞こえないかとひやひやしながらいった。

「他意はないって、あるに決まっているじゃないの」

「いいえ、日頃お世話になってるほんの感謝のしるしですから」

「とにかく、幾つかの所から見積り取って、後は公明正大にやりますから、じっと待っとって下さいな」

「じっと待っているって、うちは必死ですから、これがいただけなかったら、私は首くらなきゃなりません」

「脅かさんで下さい」

高木自身、自分の言い方が、深刻になり過ぎているのを自覚していた。もう少し軽やかにいえないものだろうか。

受話器を握りしめている高木の視野に、野村が入ってきた。ちらっとこちらに視線を走らせたようだ。今日で二日連続の遅刻だ。

「野村君、どうしたんだい」

電話を切ってから高木は少し語調を強めていった。返答しだいでは叱りつけようと思っていた。

「東上線が事故で遅れたものですから」

野村は小さく頭を下げた。高木は最初から叱りつけないでよかったと思った。そうしていたら振り上げた拳をおろすのに困ったろう。

その日、帰宅すると居間のテーブルの上に洋酒の瓶が立ててあった。見覚えのあるものだった。

手に取って、浅野の家に持っていったのと同じものであることを確かめた。

「これ、どうしたんだ」

キッチンにいた喜美子に問うた。

「ああ、そうだ。送られてきたのよ」

高木はその意味を理解した。浅野が送り返してきたのだ。胸に苦いものが込み上げてきた。

「何だって、開けたんだ」

「包装が半分破れていたんで、つい開けちゃったの。ナポレオンなんて凄いじゃない」

開けたから困るってものではない。しかし腹立たしかった。

「ぼくに来たものを勝手に開けては困るよ」

「ごめんなさい」

喜美子はあまり済まないと思っていない口調でいった。

高木は着替えてから食堂のテーブルに座り、憮然として隣室のテーブルの上のナポレオンの瓶を見ていた。瓶は優雅な姿をしていたが、千代田アドに発注する気はないという浅野の意思の表われのように思えた。

「ビールにする？」

キッチンから喜美子が聞いた。

「それとも、あのナポレオン、飲んじゃおうか？」

「馬鹿いえ」

高木はむきになっていった。

喜美子は舌を出し、缶ビールを二本、自分と高木の前に置いた。

7

その日の夕方、棚田に江戸川食品の宣伝部まで電話をさせた。昼過ぎにはPR誌の受注がどうなるか連絡があるはずだったのに、何もいってこない。それは悪い兆候だった。営業二課はすっかり沈鬱（ちんうつ）な雰囲気に閉ざされていた。

「千代田アドの棚田ですが」

棚田の電話に営業部のフロアが静まり返った。隣りの一課の連中までが聞き耳を立てている。

「ダメですか。どうしてですか」

棚田がぎこちない口調でいったとき、高木は目の前がくらくらとした。しかしすぐに気を取り直して電話を替わった。

「浅野部長、どういうことなんですか？」

「どういうことって、見積りを厳正に判断させてもらった結果だよ」

「あっちは幾らだったんですか？」

「幾らって、数字をいうわけにはいきませんが、数字だけではなく総合的に評価したんですよ」

「しかし、部長」

「まあ、今回はこうなりましたが、来年また奪回すればいいじゃないですか。切磋琢磨していいものにしていきましょうよ」

電話を切った高木はしばらくその場に立ちつくしていた。それから一課の向こう側の橘川のデスクに行った。

「部長」

といったきり、次の言葉がなかなか出てこない。

「聞いてたよ、馬鹿野郎。とんでもないことになっちまった」

高木はまだ声が出ない。

「何だ、お前、泣いているのか」

そういわれて気がついた。両頬を冷たいものが伝っている。拳の甲でそれを拭い、

「すみませんでした」

といった。

「三千万円の売上げ減だな、利益は一千万円減だ。おれもお前も今度のボーナスは無しだ。いや減俸も加わるかもしれん」

「すみません」

高木はまた頬を拭った。

その日、新宿の古い馴染みの店で一人で飲んだ。心がすっかり荒れていた。

××駅で降りたのは十一時過ぎだった。

玄関のチャイムボタンを押すと、麻衣子が出てきた。

「まいこか」

お帰りなさい、といって麻衣子はすぐに奥に引っ込もうとした。

「母さんは？」

「パンプキン」

酔った頭の中に火花のようなものが飛んだ。

（おれのこんなときに「銀座の恋の物語」なんかを歌ってやがる！）

高木は家の中に入らず、マンションの廊下に出た。

「お父さん、どこへ行くの」

麻衣子の声が背中から追いかけてきたが、無視して歩き始めた。

車のほとんど絶えた道をふらふらと駅に向かった。

考えてみればこの一月、江戸川食品のことよりパンプキンのほうが、よけい高木の頭を占領していたかもしれない。

向こうから人が近づいて来る度に、高木は闇を透かしてじっと見た。しかしそれはいつも喜美子ではなかった。まっすぐに帰るならこの道を通るはずである。

ばかやろう、ばかやろう。

歩調に合わせ相の手のようにそういった。喜美子を罵倒しているつもりだったが、唱えていると浅野や橘川の顔も思い浮かんだ。

駅の近くはほとんどの店がシャッターを閉じ、ガランとしていた。その中で銀行の並びのビルの一階に、パンプキンのネオンはくっきりと自己主張していた。

入口を入ると小さな受付があった。

「いらっしゃいませ」

若い男が声をそろえていった。カウンターの中に三人ほどいる。

「北山中学校のPTAの人たちが来ていると思うんだがね」

ためらうことなく言葉が出た。

「そういうのは、分かりませんね」

「呼び出してくれないか」

「それはできません」

「それじゃ探させてもらうよ」

「困ります」

押し問答の末、従業員が探してきてくれることになった。

カウンターの前の長椅子に座り、タバコを吸いながら喜美子を待った。煙を吸いこむと頭が痛み吐き気がした。

探しに行った男が戻ってきた。

「そういう方たちはいらっしゃいませんが」

皮肉っぽい口調でいった。喜美子はパンプキンに行くと麻衣子にいって家を出たのに、ここにいない？　不愉快な気分を吹き払うような強い口調でいった。

「馬鹿いうな、いるはずだよ」

「いいえ。間違いありません」

「じゃあ、おれに探させてくれ」

「それはご遠慮下さい」

いいだろう、と強引にいって高木はカウンターの前を通り、通路の奥へ行こうとした。

「困りますよ」

男が二人、カウンターの外に出て、高木の行く手をさえぎった。

「いいじゃないか」

高木はその間を通り抜けようとした。

「お客さん、いい加減にして下さいよ」

片方の男の目が険悪に光ったのに高木は気がついた。

「それなら、おれも部屋を借りるよ。それならいいだろう」

高木は小さな部屋に通された。

従業員がビールを置いていなくなってから、高木はトイレに行く振りをして、他の部屋を覗いた。客の全員をチェックしたわけではないが、客は若者か中年サラリーマンばかりで、主婦のグループなぞいなかった。

高木は自分の部屋に戻り、壁際の椅子に倒れかかるように座った。体の力がすっかり抜けている。

(あいつは、こんな夜中にどこに行っちまったんだ?)

「銀座の恋の物語」がまた頭をかすめた。男と二人でそれを歌ってから、どこかへ行ったのだろうか。それともパンプキンは最初からアリバイ作りのために持ち出しただけなのだろうか?

高木はテーブルの上の缶ビールを開け思いきりあおった。勢いがよすぎて口の端からかなりこぼれた。それがYシャツの襟から胸の中に入った。

畜生！

高木はどうしたらいいか分からなくなっていた。もう一口ビールを飲んだ。もう体がアルコールを受け付けそうもなかった。

その時、部屋のドアが開いた。

「どうしたのよ、あなた」

喜美子だった。

「なんだ、君、どこにいたんだ」

高木は半信半疑の声を出した。

「さっきまで、ここにいたのよ。木村さんの奥さんが飲みすぎちゃって気持ち悪くなったものだから、皆で送って行ったのよ。それから家に帰ったら、あなたがここへ行ったらしいっていうんだもの、びっくりしちゃって」

「ばかやろう」

「あなた、凄い、酔ってるわね」

喜美子は後ろにいた従業員にごめんなさいと謝った。彼はもう愛想笑いを浮かべている。

「さあ、帰りましょう」

「ばかやろう、こんなところで銀恋なんて歌いやがって」

「嫌だ、どうして、知ってるの」

「どんな男と歌ってんだか」

「馬鹿ねえ、何いってるのよ。木村さんが好きで、女同士の色気のないデュエットよ」

その時、喜美子は思いついたように高木の横に座り、カラオケのリモコンスイッチを操作した。

「まったく亭主は会社で絞られて、女房はカラオケで男とデュエットだ」

高木は口の中で曖昧(あいまい)にいった。喜美子にははっきり聞こえなかったろう。

カラオケの機械が動き、前奏が流れ始めた。

高木の聞いたことのあるメロディーだ。何だろう?

「ねえ、あなた、立てる?」

喜美子が高木の肩に手を回したが、高木は立とうとしない。

「なんだよ」

いいながら気がついた。この曲は「銀座の恋の物語」だ。

「大丈夫? 歌えるかしら」

　心の底まで　しびれる様な

喜美子が歌い始めた。柔らかないい声だ。

「さあ、あなたの番よ」


吐息(といき)が切ない　囁(ささや)きだから

喜美子が歌うのに、高木も少しだけ口を合わせた。

間奏になったとき喜美子がいった。

「ねえ、昔あなたと歌ったことあるでしょう」

そんなことは覚えていない。

「やっぱり、この歌は、男の人と、歌わなきゃね。ムードが出やしない」

二番になると高木も少し大きな声で歌った。三番を歌っているうちに喜美子に対する不信感がどんどん薄れていった。

歌い終わると喜美子は高木のほうへ手を出し、拍手をした。

「けっこう上手(うま)いじゃない」

「馬鹿いえ」

「何かもう一曲、デュエットしましょうか」

喜美子が目を輝かせていった。

その顔を見たとき、酔った頭で「こいつには勝てない」と高木は思った。これまで自分が喜美子を自由にしてやっているのだと思ってきた。しかし、そうではなく喜美子の自由さに、自分が救われているに違いない。

喜美子は高木の返事を待たずに、スイッチを操作した。すぐにリズミカルなメロディーが流れてきた。これもどこかで聞いたことがある。

ああ、分かった。「東京ナイトクラブ」だ。

今度は男声から始まる。高木は頭からしっかりした声で歌った。

なぜ泣くの　睫毛(まつげ)がぬれてる

明日から会社では当分憂鬱(ゆううつ)な日々が続くだろう。たまに喜美子とここへ来て憂(う)さを晴らしたらいいかもしれない。

好きになったの　もっと抱いて

喜美子はさっきより思いを込めて歌い、高木を見てネコのように目を細め、にっこり笑った。

JASRAC 出 1907718-901

（この作品『退職勧告』は、平成九年二月、小社から文庫判で刊行されたものに、著者が加筆・修正した新装版です）

一〇〇字書評

切り取り線

購買動機（新聞、雑誌名を記入するか、あるいは○をつけてください）	
□（　　　　　　　　　　　）の広告を見て	
□（　　　　　　　　　　　）の書評を見て	
□ 知人のすすめで	□ タイトルに惹かれて
□ カバーが良かったから	□ 内容が面白そうだから
□ 好きな作家だから	□ 好きな分野の本だから

・最近、最も感銘を受けた作品名をお書き下さい

・あなたのお好きな作家名をお書き下さい

・その他、ご要望がありましたらお書き下さい

住所	〒				
氏名		職業		年齢	
Eメール	※携帯には配信できません	新刊情報等のメール配信を 希望する・しない			

この本の感想を、編集部までお寄せいただけたらありがたく存じます。今後の企画の参考にさせていただきます。Eメールでも結構です。

いただいた「一〇〇字書評」は、新聞・雑誌等に紹介させていただくことがあります。その場合はお礼として特製図書カードを差し上げます。

前ページの原稿用紙に書評をお書きの上、切り取り、左記までお送り下さい。宛先の住所は不要です。

なお、ご記入いただいたお名前、ご住所等は、書評紹介の事前了解、謝礼のお届けのためだけに利用し、そのほかの目的のために利用することはありません。

〒一〇一・八七〇一
祥伝社文庫編集長　坂口芳和
電話　〇三（三二六五）二〇八〇

祥伝社ホームページの「ブックレビュー」からも、書き込めます。
www.shodensha.co.jp/bookreview

祥伝社文庫

退職勧告（たいしょくかんこく） 新装版（しんそうばん）

令和元年8月20日　初版第1刷発行

著者　江波戸哲夫（えばとてつお）

発行者　辻　浩明

発行所　祥伝社（しょうでんしゃ）
東京都千代田区神田神保町3-3
〒101-8701
電話　03（3265）2081（販売部）
電話　03（3265）2080（編集部）
電話　03（3265）3622（業務部）
www.shodensha.co.jp
印刷所　錦明印刷
製本所　ナショナル製本
カバーフォーマットデザイン　芥　陽子

 ISBN978-4-396-34554-9 C0193

祥伝社文庫の好評既刊

江波戸哲夫　**集団左遷**

無能の烙印を押された背水の陣の男たちが、生き残りを懸け大逆転の勝負に挑む！　経済小説の金字塔。

柴田哲孝　**完全版　下山事件**　最後の証言

日本冒険小説協会大賞・日本推理作家協会賞W受賞！　関係者の生々しい証言を元に暴く第一級のドキュメント。

柴田哲孝　**TENGU**（てんぐ）

凄絶なミステリー、かつ類い希な恋愛小説。群馬県の寒村を襲った連続殺人事件は、何者の仕業なのか？

柴田哲孝　**渇いた夏**　私立探偵　神山健介

伯父の死の真相を追う神山が辿り着く、「暴いてはならない」過去の亡霊とは!?　極上ハード・ボイルド長編。

柴田哲孝　**早春の化石**　私立探偵　神山健介

姉の遺体を探してほしい――モデル・佳子からの奇妙な依頼。それはやがて戦前の名家の闇へと繋がっていく！

柴田哲孝　**冬蛾**　私立探偵　神山健介

神山健介を訪ねてきた和服姿の美女。彼女の依頼は雪に閉ざされた会津の寒村で起きた、ある事故の調査だった。

祥伝社文庫の好評既刊

祥伝社文庫の好評既刊

楡 周平
プラチナタウン
堀田力氏絶賛！ WOWOW・ドラマW原作。老人介護や地方の疲弊に真っ向から挑む、社会派ビジネス小説。

楡 周平
介護退職
堺屋太一氏、推薦！ 平穏な日々を崩壊させる〝今そこにある危機〟を真正面から突きつける問題作。

楡 周平
和僑
プラチナタウンが抱える人口減少という未来の課題。町長が考えた日本をも明るくする次の一手とは？

富樫倫太郎
生活安全課0係 ファイヤーボール
杉並中央署生活安全課「何でも相談室」通称0係。異動してきたキャリア刑事は変人だが人の心を読む天才だった。

富樫倫太郎
生活安全課0係 ヘッドゲーム
娘は殺された――。生徒の自殺が続く名門高校を調べ始めた冬彦と相棒・高虎の前に一人の美少女が現われた。

富樫倫太郎
生活安全課0係 バタフライ
少年の祖母宅に大金が投げ込まれた。冬彦と高虎が調査するうちに類似の事件が判明。KY刑事の鋭い観察眼が光る！

祥伝社文庫の好評既刊